Adolf Baumgartner

Über die Quellen des Cassius Dio für die ältere römische Geschichte

Antigonos

Adolf Baumgartner

Über die Quellen des Cassius Dio für die ältere römische Geschichte

Unveränderter Nachdruck der Originalausgabe von 1880.

1. Auflage 2024 | ISBN: 978-3-38694-614-8

Antigonos Verlag ist ein Imprint der Outlook Verlagsgesellschaft mbH.

Verlag: Outlook Verlag GmbH, Zeilweg 44, 60439 Frankfurt, Deutschland
Vertretungsberechtigt: E. Roepke, Zeilweg 44, 60439 Frankfurt, Deutschland
Druck: Libri Plureos GmbH, Friedensallee 273, 22763 Hamburg, Deutschland

Nissen hat in dem über Cassius Dio handelnden Anhange
zu seinen kritischen Untersuchungen über die Quellen der
vierten und fünften Dekade des Livius auf p. 309 die Benützung des Livius durch Dio vollkommen festgestellt durch
den Nachweis, dass der Irrthum von Liv. XXXII. 26, wo
dem Prätor L. Cornelius das cognomen Lentulus gegeben wird
statt Merula, wie er ihn selbst XXXII. 7 genannt hatte, wiederkehrt bei Zonaras p. 446 B ed. Ducange, d. h. bei Dio.
Wenn er aber, weitergehend, behauptet, dass in allen den
Partien, in welchen Livius den Polybius benützt, Dio immer
nur die livianische Bearbeitung und nirgends das Original-
werk des Polybius herangezogen habe, dass also diejenigen
Punkte, die sich bei Dio allein finden nicht als aus einer andern Quelle abgeleitet, sondern als «aus irgend einem Grunde
hinzugesetzt» d. h. doch wohl als erschwindelt zu betrachten
seien, so ist das falsch, und die Beweise für die Benützung
des Polybius selbst liegen in Menge vor. Sie zu sammeln ist
der eine Zweck dieser Arbeit, der zweite der: an der Hand
einer fortlaufenden Ausschaltung der aus Livius entnommenen
Berichte eine Uebersicht über den von Dio neben Livius und
neben Polybius benützten «unbekannten Annalisten» zu gewinnen und dessen Stellung in der Entwicklung der römischen
Geschichtschreibung zu fixiren.

I.

In der Darstellung der Urgeschichte Roms, für welche
Dio hauptsächlich das grosse Sammelwerk des Dionys von Ha-
likarnass ausgebeutet hat, findet sich nur wenig auf Livius
zurückführendes vor. Doch hat er beim Auftreten der Sabinerinnen Dio fg. 5, 7 ed. L. Dindorf. der einfacheren Dar-

stellung bei Liv. I. 13 folgénd ihre Anfrage beim Senat und ihre Gesandtschaft an den Sabinerkönig, welche Dionys II. 45 berichtet, gestrichen. Sodann finden sich in der Erzählung des Kampfes der Horatier bei Zon. 323 D die Worte ἐκαλοῦντο δὲ οἱ μὲν τῶν Ῥωμαίων Πουπλιοράτιοι, welch letzteres Wort augenscheinlich aus dem bei Dio angegeben gewesenen Vornamen des Vaters der Horatier Publius entstanden ist. Publius nennt ihn aber nur noch Liv. I. 26, während er in der ganzen übrigen Ueberlieferung Marcus heisst.

Einen noch deutlicheren Beweis für die hier schon vorliegende gelegentliche Benützung des Livius liefert ferner Dio fgt. 5, 13 Δίων ἐν α΄ „ἐν ᾧ καὶ τὸ σῶμα καὶ τὴν ψυχὴν παραβαλλόμενος ὑπὲρ ὑμῶν ἐκινδύνευσεν", was nur in einer Vertheidigungsrede des Vaters der Horatier für seinen angeklagten Sohn gestanden haben kann, in der er das Volk ironisch auffordert, ihn wenigstens auf dem Schauplatz seines Heldenmuthes und seiner Opferfreudigkeit hinzurichten, als Warnung für spätere. Nun findet sich dieselbe Pointe wieder in der Rede des P. Horatius bei Liv. I. 26, 11 arbore infelici suspende, verbera vel intra pomerium, modo inter illa pila et spolia hostium, vel extra pomerium, modo inter sepulcra Curiatiorum, und da solche rhetorische Wendungen mehr als irgend etwas anderes die Wahscheinlichkeit für sich haben, dass sie das eigene Werk des Livius seien, so muss auch hier Dio sich aus ihm inspirirt haben.

Im Anschluss an Liv. I. 36, 4 lässt Dio bei Zon. 326 B den Attus Navius blos den Stein durchschneiden, nicht auch noch ein Stück seiner eigenen Hand, wie Dionys III. 71 berichtet, dem Dio im übrigen hier bis in ganz geringes Detail hinein gefolgt ist, vgl. Zon. l. l. λαβὼν οὖν ἐν τῷ κόλπῳ ἀκόνην τε καὶ ξυρὸν κ.τ.λ. und Dionys. l. l. προενέγκας ἐκ τοῦ κόλπου ξυρὸν καὶ ἀκόνην &.

Bei Zon. 346 B findet sich bei Anlass des Sieges des Cincinnatus über die Aequer eine eingeschaltete Erläuterung über die Einrichtung des Joches ἡ δὲ πρᾶξις ἡ τοῦ ξύλου τοιάδε τις ἦν· σταυροὺς δύο, ὄρθια δηλαδὴ ξύλα, διέχοντα ἀλλήλων, εἰς τὴν γῆν κατεπήγνυον, καὶ αὐτοῖς ἐπετίθουν ἐγκάρσιον

ἕτερον· dagegen enthält sich Dionys an der betreffenden Stelle
X. 24 aller Auseinandersetzungen, und der Anlass zu dem Exkurs des Dio ist also bei Livius zu suchen, der III. 28, 11
hierzu bemerkt tribus hastis jugum fit humi fixis duabus su-
perque eas tranversa una deligata.

Ebendaselbst heisst es von der Besetzung des Kapitols
unter Anführung des Herdonius, der Tumult sei entstanden
ἐκ δούλων συνέστη καὶ φυγάδων τινῶν. Sklaven und Verbannte
erwähnt Dionys X. 14—16 nicht, wohl aber Liv. III. 15, 5
exules servique ad duo milia hominum et quingenti duce Appio
Herdonio Sabino nocte Capitolium atque arcem occupavere.

Zon. 347 A heisst es vom Jahre 450 a. C. ἐπ’ ἐξόδῳ,
τοῦ ἔτους ὀλίγα ἄττα ἐν δύο σανίσι προσέγραψαν. Dionys X.
60 betont die Verspätung nirgends, dagegen Liv. III. 47, 4
jam et processerat pars major anni et duae tabulae legum ad
prioris anni decem erant adjectae.

Auch bei der Erzählung der Ermordung des Lucius Sic-
cius Zon. 347 C hat Dio wie beim Auftreten der Sabinerinnen
und des Attus Navius die allzugrossen Geschmacklosigkeiten
des Dionys zu Gunsten der einfacheren Darstellung von Liv.
III. 43 aufgegeben. Das Indicium des Meuchelmordes, dass
die Nachforschenden seine angeblichen Miterschlagenen τετραμ-
μένους πρὸς αὐτὸν εἶδον, findet sich bei Dionys gar nicht, dagegen bei Liv. III. 43, 6 Sicciumque in medio jacentem ar-
matumque, omnibus in eum versis corporibus videre &.

Ganz aus Liv. III. 44—58, 10 stammt die Darstellung
der Vertreibung der Decemvirn bei Zon. 347 D —348 C.

Die Notiz über den Triumph der Consuln L. Valerius
Poplicola Potitus und M. Horatius Barbatus bei Zon. 348 D
deckt sich mit Liv. III. 63, 5—11.

Die Angabe, · dass während der Hungersnoth des Jahres
440 a. Ch. manche aus Verzweiflung in die Tiber gesprungen
seien (Zon 350 C) findet sich wieder bei Liv. IV. 12, 11.

Die Erzählung des Endes des Sp. Maelius Zon. 350 D—
351 A ist Contamination aus Liv. IV. 14 und Dionys. XIII. 2,
aus welch letzterem die Besetzung des Kapitols herübergenommen ist, während für die Ermordung selbst Dio die ein-

fachere Darstellung des Livius beibehalten hat mit Uebergehung des allgemeinen Gemetzels, welches Dionys bei diesem Anlass lässt angerichtet werden.

Ebenso erkennt man in der Darstellung der Thaten des Camillus an denjenigen Stellen, wo Zonaras aus Dio, nicht aus Plutarch, schöpft, livianische Berichte. So findet sich das den römischen Frauen ertheilte Recht, sich des Wagens zu bedienen (Zon. 352 B), erwähnt bei Liv. V. 25, 10, aber nicht bei Plutarch, und die Worte, welche der centurio bei Zon. 358 B spricht, sind gleichfalls nicht aus Plutarch, der sie nur dem Inhalt nach in indirekter Rede anführt, sondern aus Dio, und stimmen in der Form überein mit Liv. V. 55, 1.

Dass Dio bei Zon. 361 C Zweifel an der Historicität der Selbstaufopferung des Curtius äussert, während er sich doch sonst gerade in ganz besonderem Grade wundergläubig zeigt, erklärt sich nur und vollkommen durch den Umstand, dass Liv. VII. 6, 6 diese ganze Tradition ebenfalls nachdrücklich verdächtigt hat.

Für den Abschnitt Zon. 362 A lässt sich jede Notiz belegen aus Liv. VII. 39—41, VII. 41, 4—5, VII. 42, 1—2. Den Grund warum die Schlachtordnung der Latiner den Römern ganz besondere Besorgniss eingeflösst habe, formulirt Zon. 362 B: τοὺς γὰρ Λατίνους οἱ ὕπατοι καὶ ὁμοσκεύους καὶ ὁμοφώνους τοῖς Ῥομαίοις ὁρῶντες ἐφοβήθησαν μὴ τῶν στρατιωτῶν τινες σφαλῶσι, τό τε οἰκεῖον καὶ τὸ πολέμιον μὴ ῥᾷστα διαγινώσκοντες καὶ διὰ τοῦτο προεῖπον σφίσι τά τε ἄλλα παρατηρεῖν ἀκριβῶς, καὶ καθ' ἑαυτὸν μηδένα μηδενὶ τῶν ἐναντίων συμβαλεῖν was nichts als freie Uebersetzung ist von Liv. VIII. 6, 15—16 curam acuebat, quod adversus Latinos bellandum erat, lingua, moribus, armorum genere, institutis ante omnia militaribus congruentes: milites militibus, centurionibus centuriones, tribuni tribunis compares collegaeque isdem praesidiis saepe, isdem manipulis permixti fuerant. per haec ne quo errore milites caperentur, edicunt consules, ne quis extra ordinem in hostem pugnaret.

Genau mit Livius stimmt ferner die Schilderung der Schlacht von Sentinum bei Zon. 366 B—D überein. Das omen des die

Hirschkuh verfolgenden Wolfes wird mit derselben Wendung
gedeutet bei Liv. X. 27, 8. Die Aufopferung des Decius stimmt
überein mit Liv. X. 28; die Worte ἦν διὰ τὸ ἐνύπνιον ἐποιή-
σατο sind erläuternde Rückverweisung des Dio; die Umgehung
der Gallier berichtet Liv. X. 29, 12; nur für den Umstand,
dass Decius σὺν τοῖς σκύλοις verbrannt worden sei, muss Dio
noch eine andere Quelle befragt haben.

Ganz nach Livius erzählt sodann Dio-Zon. 366 D—367 B
die Kriege in Samnium a. Ch. 394 sqq. Am deutlichsten
wird dies durch Vergleichung des hierher gehörigen Dio fgt.
36, 29 ὅτι οἱ Σαυνῖται ἀγανακτήσαντες ἐπὶ τοῖς γεγονόσι καὶ
ἀπαξιώσαντες ἐπὶ πολὺ ἡττᾶσθαι, πρὸς ἀποκινδύνευσιν καὶ πρὸς
ἀπόνοιαν ὡς ἤτοι κρατήσοντες ἢ παντελῶς ἀπολούμενοι ὥρμη-
σαν, καὶ τήν τε ἡλικίαν πᾶσαν ἐπελέξαντο· θάνατον μὲν προ-
είποντες, ὅστις ἂν αὐτῶν οἴκοι καταμένῃ, καὶ ὅρκοις σφᾶς φρι-
κώδεσι πιστωσάμενοι μητ' αὐτὸν τινα ἐκ μάχης φεύξεσθαι, καὶ
τὸν ἐπιχειρήσοντα τοῦτο ποιῆσαι φονεύσειν mit Liv. X. 38, 3—11,
wo namentlich der Schlusssatz jurare cogebant diro quodam
carmine in execrationem capitis familiaeque et stirpis compo-
sito, nisi isset in proelium quo imperatores duxissent, et si
aut ipse ex acie fugisset aut si quem fugientem vidisset non
extemplo occidisset nicht nur den Inhalt, sondern auch die
Reihenfolge der einzelnen Angaben mit Dio-Zonaras gemein
hat [1]).

II.

In gleicher Weise, wie sich die Benützung der ersten Dekade des Livius durch Dio durch Vergleichung von Dio fgt.
5, 13 mit Liv. I. 26, 11 in welchen beiden Stellen dieselbe
rhetorische Antithese wiederkehrt, mit Sicherheit hatte nachweisen lassen, und auf Grund dieser Stelle das Recht vorlag,
alle mit Livius sachlich genau übereinstimmenden Berichte des
Dio als aus ihm entlehnt zu betrachten, so lässt sich nun
auch die Benützung der dritten Dekade durch Vergleichung
zweier ebenso entscheidender Stellen von vorn herein sicher

---

1) Vergl. U. Koehler, qua ratione Titi Livii annalibus usi sunt Hi-
storici latini atque graeci, Gotting. 1860, p. 36.

stellen. Auf p. 419 C heisst es nämlich bei Zonaras: καὶ παραχρῆμα τῶν πολιτῶν οὐ τοὺς ἡβῶντας μόνον ἀλλὰ καὶ παρηβηκότας ἤδη κατέλεξαν. Dafür steht nun bei Liv. XXII. 57, 9 juniores ab annis septemdecim et quosdam praetextatos scribunt, wobei das Wort praetextatos das dem παρηβηκότας entsprechen sollte, ausser durch die mss. des Livius auch noch durch Val. Max. VII. 6, 1 sicher steht. An ein Missverständniss zu denken, etwa in Folge von Unkenntniss des lateinischen Sprachgebrauchs, wie sich solche Plutarch vielfach in schmachvoller Weise hat zu schulden kommen lassen, verbietet von vorn herein der Umstand, dass Dio sein ganzes Leben im römischen Staatsdienst zugebracht hat. Er muss vielmehr schon in der ihm vorliegenden Quelle gelesen haben et quosdam praeter aetatem scribunt. Dieses praeter aetatem ist aber nichts als eine ganz naturgemässe Corruptel aus dem praetextatos des Livius, und es ist also gerade durch die Art der Diskrepanz der beiden Berichte die Benützung des Livius, und zwar in schlechterer Ueberlieferung als die unsrige, auf displomatischem Wege ebenso gesichert, wie für die vierte Dekade durch das von Nissen nachgewiesene falsche cognomen. Neben der III—V. Dekade des Livius ist nun noch ein unbekannter Annalist von Dio benützt worden, den Wilmaus Fabius getauft hat, andere anders, und Polybius, was Nissen läugnet.

Der Ausdruck bei Zon. 405 D πάντας γὰρ τοὺς υἱοὺς ὁ Ἀμίλκας ὥσπερ τινὰς σκύμνους ἐπ' αὐτοὺς τρέφειν ἔλεγε ist durch keine Version in den erhaltenen Quellen vertreten, lässt aber auf ein griechisch geschriebenes Original schliessen, da sich die Löwenbrut im Lateinischen nur durch Umschreibungen wiedergeben lässt, die den Ausdruck matt und kaum mehr citirenswerth hätten erscheinen lassen.

Auf völlig von Liv. XXI. 1 abweichende Ueberlieferung geht auch der Zusatz zur Erzählung vom Schwure Hannibals zurück, er sei damals 15 Jahre alt gewesen, Liv. giebt 9 an.

Zon. 406 A: dass Hannibal sich vollkommen bewusst gewesen sei, dass ein Angriff auf Sagunt Eröffnung eines Krieges mit Rom sei, betont ebenso Liv. XXI. 5, 3.

Zon. 406 B: dass Hannibal sich dadurch Geldmittel habe
verschaffen wollen ist ein Gesichtspunkt, der aus Polyb. III.
17 stammt. Der Exkurs über Iberien mag aus dem Vorrathe
der Kenntnisse Dio's stammen; ob er für eine Notiz wie —
θαλάσσης τῆς πάλαι μὲν Βεβρύκων ὕστερον δὲ Ναρβονησίων
erst noch auf eine ethnographische Quelle habe recurriren
müssen ist bei einem Manne von seiner Belesenheit nicht zu
entscheiden (vgl. LXXII. 23 συνέλεξα δὲ πάντα τὰ ἀπ' ἀρχῆς
τοῖς Ῥωμαίοις μέχρι τῆς Σεουήρου μεταλλαγῆς πραχθέντα ἐν
ἔτεσι δέκα καὶ συνέγραψα ἐν ἄλλοις δώδεκα und fgt. 1, 2 . . .
πάντα ὡς εἰπεῖν τὰ περὶ αὐτῶν τινι γεγραμμένα, συνέγραψα
δὲ οὐ πάντα ἀλλ' ὅσα ἐξέκρινα.

Die Gesandtschaft der Saguntiner nach Rom und die
Rückgesandtschaft der Römer an Hannibal bei Zon. 406 C
stimmen im Wesentlichen mit Liv. XXI. 6—9 überein, allein
bei Zonaras giebt Hannibal vor, er befinde sich überhaupt
nicht beim Heere, sondern sei abgereist, während er bei Liv.
XXI. 9 vorgiebt keine Zeit zu haben.

Dass die Belagerung selbst 8 Monate gedauert habe ist
wohl der Berechnung des Liv. XXI. 15, 3 entnommen. Die
Auseinandersetzung der Einrichtung der Belagerungsmaschiene
Zon. 407 B weist dagegen wieder auf eine annalistische Quelle
hin, und zwar auf eine solche, welche alle Begebenheiten mit
möglichst ausserordentlichen Umständen sich zutragen lässt. Der
Belagerungsthurm soll nämlich nach Zonaras oben sichtbare An-
greifer enthalten und unten versteckte, welche während des oben
tobenden Kampfes die Mauer unbemerkt untergraben, dagegen
bei Liv. XXI. 11, 7 sqq. wird in ganz normaler Weise erst
die Mauer von Vertheidigern gesäubert, worauf dann die Brech-
arbeiter auftreten und ihr Werk beginnen. Ebenso klingt es
viel romantischer als die Erzählung bei Liv. XXI. 14—15,
wenn Zonaras berichtet, vor der Erstürmung hätten die Saguntiner die Schätze und die Schwachen vernichtet, die Kampf-
fähigen aber hätten einen Ausfall gemacht und seien darin
umgekommen.

Nach der Einnahme Sagunts erwähnt Zon. 407 C—408
A in Rom gehaltene Berathungen, die er nach seinem wohl-

erwogenen Grundsatze, die Thatsachen, aber nicht die Reden aus Dio mitzutheilen, nicht in extenso aufgenommen hat. Die in den Konstantinischen Excerpten daraus erhaltenen ausführlicheren Partien (Dio fgt. 45, 1 sqq.) sind von einer ganz ungewöhnlichen Leere und Breite, und gestatten eine ungefähre Abschätzung des Umfangs, zu welchem Dio diese Verhandlungen hatte anschwellen lassen. Nun wissen wir aus Polyb. III. 20, 5, dass von solchen Berathungen damals überhaupt keine Rede mehr war, noch sein konnte, sondern dass diese sich blos in den schlechten Darstellungen eines Sosilos und Chaereas vorfanden. Wenn sich also schon oben bei Anlass von Zon. 405 D die Wahrscheinlichkeit ergeben hatte, dass die Dio vorliegende Quelle griechisch geschrieben sei, so ergiebt sich hier jedenfalls mit Sicherheit, dass dieselbe diese griechischen Berichte gekannt und benützt hat.

Dasselbe Resultat ergiebt auch die Vergleichung des Traumes des Hannibal bei Zon. 408 D—409 A mit Livius. Derselbe hat nämlich bei Dio genauere Aehnlichkeit mit der Darstellung des aus Silenus schöpfenden Coelius bei Cic. de div. I. 24, als mit Liv. XXI. 22, welch letzterer die Berufung des Hannibal in die Versammlung der Götter weggelassen hat. Was nun die Belehrung betrifft, welche Hannibal bei Zonaras über die Erscheinung der Schlange erhält ταῦτα συμπορ-θήσοντά σοι τὴν Ἰταλίαν ἔρχεται, so schliesse ich mich der von Posner in der Schrift quibus auctoribus in bello Hannibalico enarrando usus sit Dio Cassius (diss. Bonn. 1874) p. 20 ausgesprochenen Ansicht: Silenum haec verba scripsisse mihi persuadere non possum, itaque nihil esse nisi errorem Dionis profectum ex Latino scriptore perverse in Graecum sermonem translato, pro certo habeo — in so fern an, dass auch ich die Version des Zonaras nicht für die ursprüngliche des Silenus halte, der augenscheinlich ebenso wie Livius und Coelius an ein solches persönliches Auftreten der Verwüstung in Gestalt der Schlange gedacht hatte, wie es das persönliche Auftreten der Pest in den serbischen Pestfrauen ist, oder als jenes alte Männchen in Ephesus, das auf Anstiften des Apollonius von Tyana gesteinigt wird. Einen Uebersetzungsfehler des Dio anzunehmen scheint mir aber sehr bedenklich, und ich möchte eher glauben, dass schon der von Dio benützte griechisch schreibende, und die griechischen Berichte benützende römische Annalist diese Aenderung am Texte des Silenus angebracht habe, um die Vorstellung auf eine für Römer verständlichere Form zu bringen.

Dass dieser Bericht auf Silen zurückgehe wird ausdrücklich bezeugt von Cicero de div. I. 24, 49 : Hoc item in Sileni, quem Coelius sequitur, Graeca historia est, und bestritten von W. Sieglin, die Fragmente des Coelius Antipater, Leipzig 1879, p. 65; denn der Traum sei ein vaticinium post eventum, der Autor müsse also nach dem Kriege geschrieben haben, Silen sei aber während des Krieges gestorben, denn Nep. Hann. 13, 3 sage: Hujus belli gesta multi memoriae prodiderunt, sed ex his duo, qui cum Hannibale in castris fuerunt simulque vixerunt, quamdiu fortuna passa est, Silenus et Sosilus Lacedaemonius. Der Beweis ist nichtig; denn in den gesperrt gedruckten Worten liegt auch nicht die allerleiseste Anspielung auf den Tod irgend jemandes, geschweige denn speziell auf den des Silen.

Die Prodigien für das Jahr 219/18 bei Zon. 408 D sind zum Theil dieselben, welche Liv. XXI. 62 für 218/17 erwähnt; so der Wolf, welcher einem Wachposten das Schwert entreisst, und der Stier, welcher sich aus dem obern Stockwerke eines Hauses herunterstürzt. Erklären liesse sich dieser Unterschied durch die Annahme, dass der sehr wundersüchtige Dio seine Prodigien, die meist viel vollständiger sind als die unserer übrigen Ueberlieferung, nicht nach einem bestimmten Autor citire, sondern nach einer Prodigiensammlung, welche er sich selbst aus allen Quellen, die er gelesen, angelegt habe; und da mögen beim eintragen der Prodigien in seine Jahrestabellen gelegentlich Versehen mit unterlaufen sein.

Zon. 409 B dass Scipio am Rhodanus seine Truppen noch nicht versammelt gehabt habe, stimmt mit der durchgehenden Tendenz der annalistischen Quelle Dio's überein, aus den Scipionen mit Hülfe von Tapferkeit und Missgeschick Helden zu machen. Der Uebergang selbst hat Aehnlichkeit sowohl mit

Polyb. III. 42, als mit Liv. XXI. 16, weicht aber von beiden
ab durch die Nennung von Hannibals Bruder Mago als dem-
jenigen, welcher die Vorhut über den Strom führt, und malt
das Gelingen des Stratagems durch das σαλπιγκταί δὲ συνή-
χησαν noch weiter aus.

Die Betrachtung bei Zon 409 D, dass das erste glück-
liche Reitergefecht als ein omen für den Ausgang des ganzen
Krieges anzusehen gewesen sei, findet sich ebenso bei Liv.
XXI. 29, 1—5 und hat als rhetorische Wendung die Prä-
sumption für sich aus Livius entnommen zu sein.

Der Alpenübergang des Hannibal bei Zon. 409 D—410
A ist zu kurz erzählt, um Schlüsse darauf gründen zu können,
dagegen stimmen die Ansprachen der beiderseitigen Feldherrn
an ihre Heere Zon. 410 B sachlich sowohl mit Polyb. III.
62—63, als auch mit Liv. XXI. 42—44 überein, mit letzterem
überdies in der Reihenfolge.

Ueber das Gefecht am Ticinus hat Zon. 410 C dieselbe
Version, welche Liv. XXI. 46, 10 aus Gründen der grösseren
moralischen Wünschbarkeit für die richtige hält, dass nämlich Scipio Africanus seinen in Gefahr gerathenen Vater aus
dem Gedränge herausgehauen habe, und Zon. setzt hinzu: er
sei damals siebenzehnjährig gewesen. Bei diesem Anlass kommt
nun Posner in seiner angeführten Schrift in schwere Bedrängniss. Er geht nämlich von der zuerst von Wölfflin ausführlich begründeten Ansicht aus, dass Livius in der Darstellung
des zweiten punischen Krieges im Wesentlichen dem Coelius
Antipater folge, eine Ansicht, der ich mich vollständig an-
schliesse. Sodann giebt er zu, was unbestreitbar ist, dass sich
bei Zonaras grosse fast wörtliche Uebereinstimmungen mit
Livius vorfinden, andererseits aber auch wieder vieles erzählt
werde, was bei Livius fehle. Und da er nun p. 46 den Ka-
non aufstellt, dass vix credi possit Dionem ipsum duobus auctoribus usum esse (wogegen freilich Dio selbst erklärt er habe
fast alles einschlagende gelesen) so folgt für ihn, dass Dio
und Livius als gemeinschaftliche Quelle den Coelius ausge-
schrieben haben. Im vorliegenden Falle wird nun Posners
Theorie vollständig ad absurdum geführt durch den Umstand,

dass Liv. l. l. hinzusetzt: servati consulis decus Coelius ad servum natione Ligurem delegat. Gegen diese ausdrückliche und präcise Angabe des Livius führt nun Posner, um seine These zu retten, einen Gewaltstreich; er sagt p. 59 tamen de illo filii facinore etiam Coelium scripsisse contra Livii sententiam pro certo habeo, und für solche, die ihm das etwa nicht glauben sollten, lässt er in der Anmerkung auf derselben Seite noch eine zweite Möglichkeit durchblicken: fortasse autem hanc de servo narrationem per errorem Livius Coelio attribuit cum re vera Valerii Antiatis esset cujus e fragmentis saepius malignitas quaedam in Scipiones apparet, wobei man freilich nicht recht einsieht, wie es kommen solle, dass Livius, der ja nach Posners Annahme hier durchweg den Coelius abschreibt, nun auf einmal nicht wissen sollte, welches Buch vor ihm liege.

Allein die Frage stellt sich gar nicht so verzweifelt, sobald man den Glauben an eine einzige ausschliesslich und wörtlich abgeschriebene Quelle aufgiebt. Wir wissen nämlich, durch wen diese Erzählung vom Heldenmuthe und der Pietät des Africanus in die Litteratur ist eingeführt worden; nämlich von Polybius, als welcher sie nicht aus einem andern Schriftsteller geschöpft hat, sondern aus dem mündlichen des C. Laelius. Da nun Polybius an der betreffenden Stelle (X. 3) auch noch die Notiz dazufügt, dass Scipio damals ἑπτακαιδέκατον ἔτος ἔχων gewesen sei, und diese sich nicht bei Livius, wohl aber bei Zon. 410 C wiederfindet, so ergiebt sich hier, was sich noch durch eine Reihe anderer Stellen bestätigt, dass Dio neben Livius auch noch Polybius herangezogen hat. Im Uebrigen ist die Anekdote interessant, als einer der nicht gerade häufigen Fälle, wo man das Entstehen einer Legende datiren kann; denn dass der Bericht des Coelius der ächte sei, zeigt seine Schlichtheit und das Fehlen aller und jéder sichtbaren Tendenz. Nun hat Coelius nach dem Tode des C. Grachus geschrieben, Polybius mindestens ein Jahrzehnt vorvorher, in dieser ganzen Zwischenzeit hat es also die Legende nicht dazu gebracht sich im Publikum festzusetzen, denn dass in den Worten des Coelius keine Spur von Polemik gegen dieselbe liegt, beweist, dass er sie überhaupt nicht kennt, sie war also noch immer blos reif für Familienmitglieder und vornehme Fremde.

Zon. 410 C—D der Uebergang Hannibals über den Po stimmt im ganzen überein mit Liv. XXI. 47, berichtet aber statt des Abschneidens der Fahrzeuge ihr Verbrennen und lässt die Elephanten im Fluss durchmarschiren, während sich Livius für das Uebersetzen in Flössen entscheidet. Die nächtliche Meuterei der Gallier und die Verlegung des Lagers des Scipio stimmt sachlich genau mit Liv. XXI. 48, 1—5, der Beutezug Hannibals bei Zon. 411, A—B mit Liv. XXI. 48, 8—10, die Niederlage des Sempronius mit Liv. XXI. 54—56. Daran schliessen sich bei Zonaras die Worte νικήσας μέντοι ὁ ᾽Αννίβας οὐκ ἔχαιρεν, ὅτι στρατιώτας τε πολλοὺς καὶ τοὺς ἐλέφαντας πλὴν ἑνὸς ὑπὸ τοῦ χειμῶνος καὶ τῶν τραυμάτων ἀπέβαλεν, wohingegen ihm in der Vorstellung des Livius noch viel mehr geblieben sind, da er nach 58, 11 beim Sturm im Apennin von den an der Trebia gebliebenen noch 7 weitere verliert; näher steht Polyb. III. 74, 11 ὑπὸ δὲ τῶν ὄμβρων καὶ τῆς ἐπιγινομένης χιόνος οὕτως διετίθεντο δεινῶς, ὥστε τὰ μὲν θηρία διαφθαρῆναι πλὴν ἑνὸς, πολλοὺς δὲ καὶ τῶν ἄνδρων ἀπόλλυσθαι καὶ τῶν ἵππων διὰ τὸ ψῦχος.

Die Expedition des Hannibal bei Zon. 411 C wird erwähnt von Liv. XXI. 57, doch mit dem Unterschiede, dass bei der Eroberung von Victumviae Hannibal nach Zonaras die Eingebornen freigiebt, was in der Absicht erzählt wird, seine Behandlung der Römer noch schwärzer erscheinen zu lassen.

Die Verkleidungen, deren sich Hannibal bei Zon. 411 D bedient, um sich vor Nachstellungen seiner eigenen Truppen zu sichern, werden auch, aber weniger ausführlich, von Liv. XXII. 1 berichtet. Nun sind solche Anschläge Angesichts der Lage, in welcher sich das punische Heer bei einem plötzlichen Tode Hannibals befunden hätte, ganz undenkbar, und werden ausserdem durch das Schweigen des Polybius auch äusserlich verdächtig. Sie tragen vielmehr ganz denselben romanhaften, apokryphen Charakter an sich, welchen die ganze Reihe der dem Dio eigenthümlichen gehässigen Anekdoten über Hannibal aufweist. Hier scheint also Livius einmal denselben Annalisten eingesehen zu haben, dem Dio so ungebührliches Vertrauen schenkt; dass er ihn nicht öfter benützt hat, ist ein Zeichen seines im Vergleich zu Dio guten Geschmacks.

Zon. 412 A Ereignisse in Iberien = Liv. XXI. 60—61.

Zon. 412 C Besetzung von Aretium von Flaminius = Liv. XXI. 2, 1; dass Hannibal beim Zuge durch die Sümpfe ein Auge verloren habe = Liv. XXII. 2, 11. Seine Vorkehrungen um Flaminius zur Schlacht zu verlocken = Liv. XXII. 3 und Polyb. III. 82. Dass die Vertheilung des Hinterhaltes auf die Berge am Trasimenus des Nachts geschehen sei berichtet Polyb. III. 83, 5 ebenso wie Zon. 412 D.

Dagegen greifen die Punier bei Zon. 413 A ὑπὸ μέσας νύκτας ὑπὸ καταφρονήσεως αὐτοὺς ἀφυλάκτως καθεύδοντας an, dagegen bei Polyb. und Livius übereinstimmend im Morgennebel. Dio benützt also neben diesen beiden immer ein und dieselbe Quelle, welche jedes Ereigniss mit möglichst grässlichen Nebenumständen versieht. Und wenn sich die Römer nicht vertheidigen können σκότους καὶ ὁμίχλης οὔσης, so ist dies ein ungeschickter Versuch, den nächtlichen Angriff seines Annalisten mit den Worten des Polyb. III. 84, 1 οὔσης δὲ τῆς ἡμέρας ὁμιχλόδους διαφερόντως auszusöhnen, und ein neuer Beweis seiner Benützung des Polybius.

Zon. 413 B: die sich auf einen Hügel rettende Schaar wird erwähnt von Liv. XXII. 6, 4 und Polyb. III. 84, 11—14; dass letzterer benützt ist zeigt der Zusatz πάντων δὲ τῶν ἐν τῷ στρατοπέδῳ ἁλόντων τό τε συμμαχικὸν τῶν Ῥωμαίων ἀφῆκεν, αὐτοὺς δὲ ἐκείνους δήσας ἐφύλασσε welcher sich nicht bei Livius vorfindet, wohl aber bei Polyb. III. 85, 3 ὅσοι μὲν ἦσαν Ῥωμαῖοι τῶν ἑαλωκότων, διέδωκεν εἰς φυλακὴν ἐπὶ τὰ τάγματα, τοὺς δὲ συμμάχους ἀπέλυσε χωρὶς λύτρων ἅπαντας εἰς τὴν οἰκείαν.

Von der Diktatur des Fabius an stimmt die Serie von tendenzmässigen Verläumdungen des Hannibal in der Regel mit Appian überein, doch meist so, dass eine Benützung des Appian durch Dio wegen grösserer Vollständigkeit des letzteren ausgeschlossen ist.

So erzählt Zon. 414 B dass Hannibal, von Fabius in Campanien eingeschlossen, ehe er den Durchbruch mit Hülfe der Brände tragenden Ochsen gewagt habe, erst τοὺς αἰχμαλώτους πάντας, ἵνα μή τις αὐτῶν διαφύγῃ καὶ τὸ γινόμενον γνωρίσῃ τοῖς Ῥωμαίοις κατέσφαξε, wovon weder Livius noch Polybius noch Plutarch im Fabius etwas wissen, wohl aber App. Hann. 14 τοὺς μὲν αἰχμαλώτους ἐς πεντακισχιλίους ὄντας κατέσφαξεν ἵνα μὴ ἐν τῷ κινδύνῳ νεωτερίσειαν. Dass Dio eine andere Motivirung beibringt, ist kein Grund auf eine andere Quelle als die des Appian zu schliessen, denn in seiner Darstellung des Pragmatismus der Ereignisse ist er sehr selbständig, ja eigenmächtig, wofür die Beweise von Nissen beigebracht sind, op. cit. Anhang 3.

Es folgt bei Zon. 414 D vgl. Dio fgt. 57, 14 eine Anekdote von der höhnischen Abweisung von Hannibals Gesuch um Verstärkung durch die Karthager. Auch mit dieser Nachricht weicht Dio wieder von aller guten Ueberlieferung ab, und hat als Mitzeugen dafür wiederum blos App. Hann. 16 καὶ στρατιὰν ᾔτει καὶ χρήματα. οἱ δὲ ἐχθροὶ πάντα ἐπισκώπτοντος τοῦ Ἀννίβου καὶ τότε ὑπεκρίνοντο ἀπορεῖν, ὅτι τῶν νικώντων οὐκ αἰτούντων χρήματα ἀλλὰ πεμπόντων ἐς τὰς πατρίδας, ὁ Ἀννίβας αἰτοίη λέγων νικᾶν, οἷς οἱ Καρχηδόνιοι πεισθέντες οὔτε στρατιὰν ἔπεμπον οὔτε χρήματα.

Die ganze Darstellung der Prodiktatur des Minucius Rufus bei Zon. 415 findet sich sachlich wieder bei Liv. XXII. 22 sqq., welcher auch den bei Plutarch fehlenden Umstand enthält, dass für Rufus das erste Gefecht durch das Eintreffen einer Schaar Samniter glücklich gewendet worden sei. Zwischen dieses erste und das zweite Treffen, welches dann das Insichgehen des Minucius zur Folge hat, schiebt Livius die Erzählung der Auswechslung der Gefangenen ein, bei welcher Fabius das Fehlende aus eigenem Gelde zulegt. Dasselbe meldet nun Zon. 415 B und Plut. Fab. 7. Da nun seit dem Durchzug durch das campanische Defilé erst ein und zwar ein für Hannibal ungünstiges Treffen geliefert worden ist, so kann Hannibal, wenn er vor dem Durchbruch alle Gefangenen hat ermorden lassen, jetzt gar keine mehr besitzen, am wenigsten

überzählige beim Auswechseln. Vielmehr sind die Berichte
von der Auswechslung und von der vorherigen Ermordung
durchaus mit einander unverträglich und können nicht in einer
und derselben Quelle gestanden haben, und es ist nur ein Beweis der schon oben zu Zon. 413 A angemerkten conciliato-
rischen Kritik des Dio, dass sich beide, sowohl der livianische
als der der Quelle des Appian bei ihm vorfinden. Stammt
nun der livianische Bericht, welcher die Uneigennützigkeit
des Diktators Fabius so sehr hervorhebt, aus Fabius Pictor,
wie es innerlich wahrscheinlich und durch Liv. XXII. 7, 4 auch
äusserlich nahe gelegt ist, so folgt daraus, dass die Quelle für
die Ermordung der 5000 Gefangenen nicht Fabius Pictor sein
kann, und da sämmtliche von Dio über die Grausamkeit des
Hannibal berichteten Anekdoten durchaus gleichen Charakter
tragen, und durch das fast regelmässige Wiederkehren bei
Appian als aus einer einzigen Quelle geschöpft gesichert sind, so
folgt daraus, dass die Ueberlieferung, welche Dio ausser den
livianischen und Polybianischen Bestandtheilen enthält jedenfalls
nicht die des Fabius sei, wie Wilmans de fontibus et auctoritate
Dionis Cassii p. 3 im Anschluss an Niebuhr gemeint hatte [1]).

Die von Zon. 216 A—B berichtete Expedition des Gn.
Servilius Geminus wird angeführt von Liv. XXII. 31; allein
es fehlt bei ihm die Angabe ihres Zusammenhangs mit den
übrigen Ereignissen, und zugleich ist sein ganzer Bericht mit
auffallender Geringschätzung des Geminus abgefasst. Dagegen
erzählt den Zug mit derselben Motivirung wie Zonaras Polyb.
III. 96, bei ihm aber fehlt ein Aequivalent für die Worte des
Zonaras, τά τε τῶν Κυρνίων καὶ τὰ τῶν Σαρδονίων ἐν τῷ πα-
ράπλῳ ἐβεβαιώσατο, welche Livius vertritt XXII. 31, 1 circum-
vectus Sardiniae et Corsicae oram et obsidibus utrimque ac-
ceptis etc., so dass also hier wohl Contaminirung aus Livius
und Polybius vorliegt, wie Zon. 413 A aus Polybius und dem
Annalisten und 415 B aus dem Annalisten und Livius.

Es schliesst sich daran Dio's übliche Resumirung der
Lage der Dinge, dann ein Bericht über die Geschenke des

---

1) Vergl. hierzu C. Peter, zur Kritik der Quellen der älteren römischer Geschichte, Halle 1879, p. 151.

Hiero, der ein kurzes Exzerpt ist aus Liv. XXII. 37, daran
angefügt ist eine Notiz über Münzverschlechterung ἐν ἀχρη-
ματίᾳ ὄντες ὥστε τὸ ἀργυροῦν νόμισμα, ἀμιγὲς καὶ καθαρὸν
γινόμενον πρότερον χαλκῷ προσμῖξαι. Die entdeckte Verschwörung in Rom 416 C ist aus Liv. XXII. 33, 1—3 entnommen.
Dagegen weichen die Ereignisse in Spanien mehrfach ab. So
hat das Seegefecht an der Ibermündung zwar Aehnlichkeit
mit Polyb. III. 95 und mit Liv. XXII. 19, muss aber schon
wegen des phantastischen Zuges 416 D ἰσοπάλως γὰρ ἀγωνι-
ζομένων τὰ ἱστία τῶν νεῶν ὑπετέμετο, ὅπως ἀπογνόντες προθυ-
μότερον ἀγωνίσωνται mindestens unter Zuziehung der mit ef-
fektvollem Detail erzählenden Annalistenquelle geschrieben sein.

Die Erzählung vom Verrathe des Ἄβελος ist ein getreues
Exzerpt aus Polyb. III. 99—100. Dagegen scheint die Prophezeiung des Ausgangs der Schlacht bei Cannae wieder aus
der im phantastischen sich besonders gefallenden Annalistenquelle geflossen su sein. Es ist möglich, dass es dieselbe sei,
aus welcher sie Liv. XXV. 12 in kurzem nachholt, doch hat
Livius dort den leidigen Zusatz, das eine der beiden carmina
des Marcius, und zwar gerade dasjenige, von welchem Dio
redet, sei erst nach der Schlacht von Cannae aufgetaucht.
Indess hat vielleicht die Quelle diesen Zusatz nicht in ver-
dächtigender Weise angebracht, oder es hat dem Dio sein
Vertrauen zum Wunderbaren darüber hinweggeholfen, kurz,
er erzählt die Prophezeiung gläubig, neben andern τέρατα,
über welche vgl. Liv. XXII. 36. Die ethnographische Notiz
über Apulien, welche Zonaras daran anschliesst, deckt sich,
wie Haupt im Hermes XIV. 434 evident nachgewiesen hat,
mit Dio fgt. 2, 3, das also hier einzuschalten ist, womit die
Annahme, dass Dio seinem Werke eine Art von ethnographischer Uebersicht Italiens vorausgeschickt habe, hinfällig wird.
Im Grunde war diese Annahme schon ausgeschlossen durch
Dio fgt. 2, 4 wo er wahrscheinlich bei Anlass des ersten
Auftretens der Etrusker in der römischen Geschichte sagt:
ταῦτα γὰρ καὶ προσῆκεν ἐνταῦθα τοῦ λόγου περὶ αὐτῶν γεγράφ-
θαι, ἕτερα [δ’ ἐπ’] ἄλλο τι καὶ αὖθις αὖ ἕτερον, ὅτῳ ποτ’ ἂν
ἡ διέξοδος τῆς συγραφῆς τὸ ἀεὶ παρὸν εὐτρεπίζουσα προστύχῃ,

κατὰ καιρὸν εἰρήσεται, womit er also ein ähnliches Verfahren einzuhalten verspricht, wie das ist, welches Jordan für die origines des Cato nachgewiesen hat. Da er nun bei Anlass von Apulien vom Diomedesfelde spricht, und Strabo VI. 284 dieses ebenfalls erwähnt und zugleich die ältesten Bewohner Apuliens anführt, so wäre es möglich, dass Dio für diese eine Notiz den Strabo nachgeschlagen hätte. Möglich wäre es aber auch, dass die ethnographischen und sagengeschichtlichen Berichte des Timaeus, auf den Strabo hier nach Hunrath, die Quellen Strabo's im sechsten Buche, Cassel 1879, p. 29 sqq. zurückgeht, in die origines des Cato und aus diesem zu Dio gekommen seien, was zwei Indicien für sich hat: die Analogie der Einschaltung ethnographischer Excurse, und die Transskription Πεδίκουλοι in Dio fgt. 2, 3, wofür Strabo VI. 277 Ποίδικλοι setzt. Dio hat also jedenfalls noch eine lateinisch geschriebene ethnographische Quelle mit benützt, vgl. Zon. 435 C.

Die der Schlacht von Cannae vorhergehenden Maassregeln sind wesentlich aus Livius entnommen. Die Noth des Hannibal steht Liv. XXII. 40, die ersten Gefechte Liv. XXII. 41 wo jedoch der Zug fehlt ἑκὼν ὑπεχώρησεν ὅπως δεδιέναι νομισθείς etc. welchen dagegen Appian hat Hann. 18 ὑπεκρίνετο ἡττᾶσθαι, während bei Livius Hannibal wirklich besiegt wird. Die Kriegslist bei Zon. 417 C stimmt völlig genau überein mit Liv. XXII. 41, 6—9, ebenso ist Zon. 418 A—C = Liv. XXII. 43—48 dazwischen ist aber eingeschoben καὶ τὰ σώματα τῶν φονευομένων ἄνω πρὸ τῶν ταφρευμάτων ἐνέβαλλεν, ὅπως σφίσι τὸ ποτὸν δυσχεραίνηται welche Notiz so genau gleichen Charakter mit der von der Ermordung der 5000 Gefangenen zeigt, dass auch für sie nach den sub Zon. 415 B angeführten Gründen nicht Fabius die Quelle sein kann; vgl. App. Hann. 28.

Zon. 418 B: die fingirten Ueberläufer mit versteckten Schwertern hat Liv. XXII. 48, 2—5, die Schlachtbeschreibung ist resumirt aus Liv. XXII. 47—50, dass der sandbringende Wind auch wirklich eingetroffen sei, könnte bloser Schluss Dios aus den genommenen Massregeln sein, wenn nicht durch den Zusatz καὶ προήροσε πάντα τὸν τόπον ὑπόψαμμον ὄντα die Mitbenützung des ausmalenden Annalisten gesichert wäre, der sich wohl auch den Wind nicht wird haben entgehen lassen. Die Ueberlieferung von drei Scheffeln voll goldener Ringe, welche Hannibal nach Karthago geschickt habe, kennt aber verwirft Liv. XXIII. 12, 1. Es kennt sie auch Plin. H. N. XXXIII. 1, 20, doch findet sich im index auctorum Niemand, den man mit einiger Wahrscheinlichkeit für die stattliche Reihe von Absurditäten könnte haftbar machen, mit welchen die Dionische Darstellung verunziert ist.

Zon. 419. Der Rath Maharbals, gegen Rom zu ziehen, stammt aus Liv. XXII. 51, 1—5. Die Erwähnung der Reue Hannibals, es versäumt zu haben, scheint Dio nicht aus einer der ihm gerade vorliegenden Quellen, sondern aus der Erinnerung an anderweitige Lektüre zu citiren, was sich aus dem Umstande schliessen lässt, dass er diesen Seufzer ὦ Κάνναι Κάνναι an verschiedenen Stellen anbringt, vgl. sub Zon. 426 D und 433 D.

Scipio in Canusium bei Zon. 419 B ergänzt durch Dio fgt. 57, 28—29 entwickelt noch mehr strategische Vorsorglichkeit als selbst bei Liv. XXII. 53, wie denn überhaupt die Lobpreisung der Scipionen ein durchgehender Zug der Annalistenquelle Dio's ist. Zon. 419 C sqq. sind Excerpt aus Liv. XXII. 54—58; über die auf Textesverderbniss zurükgehende Uebersetzung von praetextatos durch παρηβηκότας siehe oben p. 6. Die Worte λῃστάς τέ τινας sind nachgetragen aus Liv. XXIII. 14, 3 und die Worte καὶ ἐς τὴν Ἑλλάδα πεπόμφασιν ἢ πείσοντές τινας συμμαχῆσαι αὐτοῖς ἢ μισθωσάμενοι scheinen Dio's eigene Conjektur über die Sendung des Fabius Pictor nach Delphi bei Liv. XXII. 57, 5 zu sein, denn wo er Ueberlieferung wiedergiebt pflegt er sich für eine Möglichkeit zu entscheiden und nicht mehrere offen zu lassen.

Bei der Darstellung der Auslösung der Gefangenen ist Polybius mitbenützt, wie dies hervorgeht aus der Wortähnlichkeit von Zon. l. l. ἐκέλευσεν αὐτοῖς πέμψαι τινὰς οἴκαδε ἐπὶ λύτρα προομόσαντας ἐπανήξειν mit Polyb. VI. 58 συνεχώρησε διαπέμπεσθαι σφίσι τοὺς ἐν οἴκῳ περὶ λύτρων — ὁρκίσας ἦ μὴν ἐπανήξειν, und der Gedankenähnlichkeit von Zon. ibid. ἵν' ἑαυτὸν εὐπορώτερον ἐντεῦθεν ποιήσῃ, τοὺς δὲ Ῥωμαίους ἀπορωτέρους mit Polyb. VI. 58, 9 συνιδόντες τὴν Ἀννίβου πρόθεσιν, ὅτι βούλεται διὰ τῆς πράξεως ταύτης ἅμα μὲν εὐπορῆσαι χρημάτων etc. wobei man zugleich sieht, um wie viel freier Polybius als Livius benützt ist, was übrigens schon die maasslose Breite des Polybius mit sich brachte.

Die Erzählung der raffinirten Grausamkeit, mit der sich Hannibal an den Gefangenen für die Abweisung seiner Anträge durch den Senat gerächt haben soll, fehlt bei Livius Dank seinem guten Geschmack, der ihn alle diese Henkersgeschichten hat streichen lassen, so dass sich bei ihm für die unmenschliche Grausamkeit, die er Hannibal in der Gesammtcharakteristik zuschreibt, eigentlich kaum Belege auffinden lassen, geschweige bei Polybius. Dagegen kennt sie Appian Hannib. 28 und 63 und noch ausführlicher Diodor XXVI. 14, 2 ed. Dindorf, der also ebenfalls nicht, oder doch nicht ausschliesslich, Fabius benützt hat, und bei dem man zugleich erfährt, wie überaus edel und pietätsvoll sich die gefangenen Römer bei diesem Anlass benommen haben. Mit Schluss von 420 A kehrt Zonaras wieder zu Livius XXII. 61, 8—10 zurück. 420 B = Liv. XXIII. 11, 7 sqq., die zweite Hälfte von B und die erste von C = Liv. XXIII. 1, der Schluss von C und ganz D = Liv. XXIII. 3, daran angeschlossen Liv. XXIII. 10, 1—3.

Nicht nach Livius erzählt ist die Belagerung von Nuceria, von welcher Liv. XXIII. 15, 3—5 vielleicht dieselbe Quelle retouschirend behauptet, seine Einwohner hätten sich gerettet, während Zon. 421 das Gegentheil erzählt ebenso wie Appian, nämlich τοὺς μὲν βουλευτὰς ἐς βαλανεῖα κατακλείσας ἀπέπνιξε, τοῖς δ' ἄλλοις ἀπελθεῖν εἰπὼν ὅπῃ βούλοιντο, πολλοὺς ἐν τῇ ὁδῷ κἀκείνων ἐφόνευσε συχνοὶ δ' οὖν αὐτῶν καὶ περιεγένοντο εἰς ὕλας προκαταφυγόντες = App. Lib. 63 οὗτοι Νουκερίαν ὑπήκοον ἡμῶν ἐπὶ συνθήκῃ λαβόντες, καὶ ὁμόσαντες σὺν δύο ἱματίοις ἕκαστον ἀπολύσειν, τὴν μὲν βουλὴν αὐτῶν ἐς τὰ βαλανεῖα συνέκλεισαν καὶ ὑποκαίοντες τὰ βαλανεῖα ἀπέπνιξαν, τὸν δὲ δῆμον ἀπιόντα κατηκόντισαν. Ebenso steht es mit Acerrae

Zon. 421 B ἀποκρουσθεὶς δὲ τῆς Νώλης Ἀκερρανοὺς εἷλε ἀρπά-
ξαι ταῖς αὐταῖς ταῖς Νουκερίνοις συνθήκαις καὶ τὰ αὐτὰ εἰργάσατο εἰς αὐτούς vgl. Dio fgt. 57, 34 ὅτι τὰ αὐτὰ ἐποίησε καὶ
τοῖς Νουκερίνοις πλὴν καθ' ὅσον ἐς φρέατα καὶ οὐκ ἐς μολυ-
νεῖα ἐνέβαλεν wozu wiederum das Gegenstück bei App. Lib.
63 Ἀκερρανῶν δὲ τὴν βουλὴν ἐν σπονδαῖς ἐς τὰ φρέατα ἐνέβαλον καὶ τὰ φρέατα ἐνέχωσαν. Die Belagerung von Casilinum
berichtet im Wesentlichen mit Zon. 421 C übereinstimmend
Liv. XXIII. 17, 8—18, 10, wo aber der Zug fehlt ἐπ' ἀσκεθά
τινα διὰ τοῦ ποταμοῦ ἔπεμψαν und ebenso ein Aequivalent für
τὸ ἕτερον τῆς πόλεως μέρος ἐξέλιπον καὶ τῷ λοιπῷ διεκαρτέρουν,
τὴν γέφυραν διακόψαντες, so dass auch dieser Bericht auf den
Annalisten zurückzuführen ist.

Zon. 422 A: das gegen Junius Brutus von Hannibal an-
gewendete Stratagem, das viel Aehnlichkeit hat mit dem des
Cleomenes bei Herodot VI. 78, berichtet weder Livius noch
Appian, aber genau übereinstimmend Frontin II. 5, 25.

Die Worte τὰ δ' ἐν τῇ Σικελίᾳ καὶ τῇ Σαρδοῖ ἐκινεῖτο
decken sich mit Liv. XXIII. 21, die Consulwahl steht Liv.
XXIII. 24, der Untergang des Albinus, sammt dem Stratagem der Bojer die Römer unter einem ganzen Wald
von angesägten Bäumen zu begraben, stammt aus Liv. XXIII.
24, 6—11, die Worte οὗ τὴν κεφαλὴν ἀποτεμόντες οἱ βάρβαροι
καὶ ἐκκαθάραντες καὶ περιχρυσώσαντες πρὸς τὰ ἱερὰ αὐτῶν ἀντὶ
φιάλης ἐκέχρηντο entsprechen genau Liv. XXIII. 24, 11—12
spolia corporis caputque praecisum ducis Boi ovantes templo
quod sanctissimum est apud eos, intulere. purgato inde capite
ut mos iis est, calvam auro caelavere, idque sacrum vas iis
erat quo solemnibus libarent, poculumque idem sacerdotibus
ac templi antestitibus, welche Stelle als Beweis dienen kann,
wie gewissenhaft Dio überliefertes sachliches Detail wiedergiebt
ohne irgend welche eigenen Ausschmückungen; die Willkür-
lichkeit, die man ihm oft zu Vorwurf gemacht hat, betrifft
nur die Verknüpfung der Ereignisse, die er besser zu durch-
schauen glaubt, als es seine Quelle gethan habe.

Die zweite Hälfte von Zon. 422 C scheint Excerpt aus
Liv. XXIII. 18, 10—16; dem Annalisten gehört die Notiz,

dass Hannibal nach dem in Kapua verschwelgten Winter vor Beginn des Krieges ἐς ὄρη μετέστη καὶ ἐγύμναζε τὸ στράτευμα, ebenso die Iberer, welche vor Nola zu den Römer übergehen, und welche sich wiederfinden bei Plut. Marc. XII. 3—6.

Zon. 423 A—C: das ganze Material stammt aus Livius, der in folgender Reihenfolge benützt ist: XXIII, 28, 7—29, XXIII. 32, 5, XXIII. 27, 9, XXIV. 41, XXIV. 48, XXIV. 49, XXIV. 42. Dio hat also die hier bei Livius in Folge der annalistischen Darstellung zerschnittenen Ereignisse zu sachlichen Gruppen nach dem Muster der Darstellung des Polybius sich zusammengesucht. Mit 423 C folgt sodann überaus albernes Detail über die Spielsachen, welche Scipio aus Spanien nach Hause schickt und die Notiz, er habe des Oberbefehls entbunden sein wollen, um seiner Tochter eine Aussteuer beschaffen zu können. Von allem dem hat Livius verständiger Weise nichts, dagegen das letztere Val. Max. IV. 4, 10 secundo Punico bello Cn. Scipio ex Hispania senatui scripsit, petens ut sibi successor mitteretur, quia filiam virginem adultae jam aetatis haberet neque ei sine se dos expediri posset. Dieser Bericht ist deshalb schon von vorn herein nicht wahr, weil er blos eine in der Motivirung etwas variirte Verdoppelung einer von Regulus erzählten Anekdote ist, die sich bei Liv. per. XVIII. findet, und wohl aus Livius bei Val. Max. IV. 4, 6 wo Regulus dem Senat schreibt ideoque peto ut sibi successor mitteretur, ne deserto agro non esset unde uxor ac liberi sui alerentur. Dass auch sonst gerade Regulus als römischer Musterheld mit Vorliebe als Schablone benützt worden ist, um Heldenthaten der Scipionen darnach anzufertigen, beweist Dio fgt. 57, 63 wo erzählt wird, wie beim Aufschlagen des Lagers des Scipio Africanus auf karthagischem Boden δρά-κων παρ' αὐτὸ μέγας διὰ τῆς ἐπὶ τὴν Καρχηδόνα φερούσης ὁδοῦ παρ-είρπυσεν, was offenbar nichts als die wiederauftauchende Schlange des Regulus ist, die man nach Val. Max. VIII. ext. 10 (vgl. Liv. per. XVIII. Plin. N. VIII. 37 und den wörtlich damit übereinstimmenden Zon. 390 D) schliesslich mit Ballisten hatte umbringen müssen.

Die erste Hälfte von Zon. 423 D stammt aus Liv. XXIII.

40—41, die zweite aus Liv. XXIII. 33—34, 10, die erste Hälfte
von Zon. 424 A aus Liv. XXIII. 38, 10—12, die zweite aus
Liv. XXIV. 40. Der Sieg über Hanno bei Beneventum ist
aus Liv. XXIV. 14—16 entnommen.

Zon. 424 C die Worte Φάβιος μὲν τά τε ἐκείνων τά τε
τοῦ Σαυνίου κατέτρεχε, Μάρκελλος δὲ εἰς τὴν Σικελίαν ἐπεραι-
ώθη καὶ τὰς Συρακούσας ἐπολιόρκει, προσχωρησάσας μὲν αὐτῷ,
εἶτ᾿ ἀποστάσας δόλῳ τινῶν ὑπὸ ψευδοῦς ἀγγελίας ist in Kürze
und mit Weglassung der Ereignisse in Syrakus selbst excerpirt aus Liv. XXIV, 24—30, in welch letzterem Kapitel auch
die Wirkung der angeblich falschen Nachricht der Ausmor-
dung von Leontini durch die Römer steht.

Unter den Vertheidigungsanstalten des Archimedes steht
nicht bei Livius das Heraufholen von Menschen, wohl aber
bei Polyb. VIII. 9, 4 σὺν αὐτοῖς γὰρ τοῖς ὅπλοις τοὺς ἄνδρας
ἐξαιροῦντες ἐρρίπτουν. Nun hat aber Zonaras ausserdem noch
die berüchtigte Verbrennung der Schiffe durch Spiegel, und
zwar setzt er sie vor die Theilung der Belagerungsarmee zwischen App. Claudius Pulcher und Marcellus. Nun geht aber
das fgt. des Polyb. VIII. 9 (ed. Hultsch) bis zur Ausführung
eben dieser Theilung, und erzählt nichts davon. Wenn aber
Polybius hievon schweigt, so kann die Sache überhaupt nicht
wahr sein, und da auch Plutarch davon schweigt, so kann sie
auch nicht bei Posidonius gestanden haben, dessen Berichte — ob aus Excursen seiner Fortsetzung des Polybius,
oder aus einer besondern Biographie des Marcellus geschöpft
lässt Müller F. H. G. III. 270 zu fgt. 43 offen — Plutarch
verwendet hat. Da übrigens die Thatsache, dass Dio die Verbrennung berichtet hat, durch Zonaras ausser Zweifel steht, so
dürfte es richtiger sein, den ausführlicheren Bericht über die da-
bei angewandte Spiegelvorrichtung bei Tzetzes Chil. II. 119, der
für diese Biographie des Archimedes v. 149 Dio und Diodor citirt,
unter die Fragmente des Dio aufzunehmen, statt blos unter die
des Diodor wie es L. Dindorf gethan hat. Er lautet:

ἑξάγωνόν τι κάτοπτρον ἐτέκτηνεν ὁ γέρων
ἀπὸ δὲ διαστήματος συμμέτρου τοῦ κατόπτρου
μικρὰ τοιαῦτα κάτοπτρα θεὶς τετραπλᾶ γωνίαις

κινούμενα λεπίσι τε καί τισι γιγγλυμίοις
μέσον ἐκεῖνο τέϑεικεν ἀκτίνων τῶν ἡλίου
μεσημβρινῆς καὶ ϑερινῆς καὶ χειμεριωτάτης.
ἀνακλωμένων δὲ λοιπὸν εἰς τοῦτο τῶνἀκτίνων
ἔξαψις ἤρϑη φοβερὰ πυρώδης ταῖς ὁλκάσι,
καὶ ταύτας ἀπετέφρωσεν ἐκ μήκους τοξοβόλου.
οὕτω νικᾷ τὸν Μάρκελλον ταῖς μηχαναῖς ὁ γέρων.

Der Inhalt von Zon. 425 A wird erwähnt Liv. XXIV.
35, τὸν Ἀκράγαντα κατέσχε καὶ τὴν Ἡράκλειαν = adveniens
Heracleam intra paucos inde dies Agrigentum recepit; nichtlivianisch ist καὶ τοῦ Μαρκέλλου αὐτῷ προσπεσόντος αὖϑις ἐνι-
κήϑη. Dann folgt die bei Dio übliche Uebersicht des Inhalts
des kommenden Abschnittes. Mit οἵ τε γὰρ ὕπατοι πρὸς τῇ
Καπύῃ ἔπταισαν ist Liv. XXV. 19 gemeint, mit καὶ ὁ Γράκχος
ἐν τῇ Λευκανίᾳ ἀπώλετο Liv. XXV. 16, mit καὶ οἱ Ταραντῖνοι
καὶ ἄλλοι πόλεις ἀπέστησαν Liv. XXV. 9—10; Ἀννίβας ἐπὶ
τὴν Ῥώμην ἐστράτευσε greift vor auf Liv. XXVI. 9; καὶ οἱ
Σκιπίωνες ἄμφω διώλοντο = Liv. XXV. 34—36; καὶ ἦλϑε μέχρι
Βενεβεντοῦ = Liv. XXV. 19, Zon. 425 C = Liv. XXV. 23—24,
in D entsprechen ὁ οὖν Μάρκελλος τὰ ἑαλωκότα διήρπασε
καὶ τοῖς μὴ ἁλοῦσι προσέβαλε Liv. XXV. 25; und καὶ σὺν πόνῳ
μὲν καὶ χρόνῳ (was wohl Abkürzung des Zonaras für eine
breitere Darstellung des Dio ist) ὅμως δ' οὖν καὶ τῶν λοιπῶν
τῆς Συρακούσης ἐκράτησεν = Liv. XXV. 26—31.

Nicht livianisch ist die Antwort des Archimedes an seine
Mitbürger, die ihn vom Andringen der Römer benachrichtig-
ten παρ' κεφαλὰν ἀλλὰ μὴ παρὰ γραμμάν, und ihre dorische
Form ist ein neuer Beweis dafür, dass die anekdotenhafte
Annalistenquelle, deren sich Dio bedient, griechisch geschrieben ist. Dass sie nicht etwa aus Polybius stamme, beweist
ihr Fehlen bei Plutarch, welcher die Anekdoten über Archimedes mit besonderer Sorgfalt gesammelt, und, wie aus Comp.
Pel. & Marc. c. 1 hervorgeht, den Bericht des Polybius über
die Feldzüge des Marcellus gekannt hat.

Zon. 426 A = Liv. XXVI. 21—22; 426 B = Liv. XXVI.
7—8; Zon. 426 C—D = Liv. XXVI. 11, mit dem blos sti-
listischen Unterschiede, dass, während Livius hinzufügt audi-

taque vox Hannibalis fertur, potiundae sibi urbis Romae modo mentem non dari, modo fortunam, Dio den ihm stets gegenwärtigen Seufzer 'Ω Κάνναι, Κάνναι einsetzt.

Zon. 427 A hat keine sachlichen Differenzen von Liv. XXVI. 12—13. Die Notiz ὁ γὰρ Κλαύδιος ἔφϑη τεϑνηκὼς ἐκ τοῦ τραύματος kann aus Liv. XXVI. 16 init: mortuum App.- Claudium sub deditionem Capuae quidam tradunt nachgetragen sein. Zon. 427 B—D = Liv. XXVI. 14—16; dazugefügt ist τοὺς δὲ ἐς τὴν Ῥώμην ἔπεμψε, das folgende = Liv. XXVI. 27—32. 427 D stellt die Beschwerdeführung der Kampaner um vieles gehässiger dar als Liv. XXVI. 33—34, der überall gemildert zu haben scheint; Dio's Notiz über Atella ist gerade das Gegentheil von Liv. XXVI. 16. Ebensowenig livianisch ist die Aussendung des Carthalo und die Verweigerung des Zutritts Seitens der Römer bei Zon. 428 A. Dagegen ist die zweite Hälfte von 428 A = Liv. XXVI. 23—25; 428 B fast wörtlich aus Liv. XXVI. 17; Zon. 428 C—D = Liv. XXVI. 18—20. Dann folgt die übliche Resumirung der Lage der Dinge durch Dio; 429 B = Liv. XXVI. 38; 429 C = Liv. XXVI. 40; aber 429 C—430 A stammen nicht aus Livius, sondern aus der Nebenquelle, und zwar kann man aus der Stellung in welcher in der zweiten Hälfte von 430 A die Einnahme von Tarent css. Fabio V Flacco IV berichtet wird, und aus dem Umstand, dass Zonaras eine Periode des Zögerns des Scipio angiebt, schliessen, dass Dio hier einen derjenigen Annalisten vor sich hat, deren Meinung Liv. XXVII. 7 verwirft, wenn er sagt: Carthaginis expugnationem in hunc annum (208 a. Ch.) contuli multis auctoribus, haud nescius quosdam esse qui anno insequenti captam tradiderint, quod mihi minus simile veri visum est, annum integrum Scipionem nihil gerundo in Hispania consumpsisse.

Zon. 430 B—C ist aus Liv. XXVI. 48—50 entnommen. Zon. 430 D aus der Nebenquelle. Es kommen Eilboten vor, δρομοκήρυκες, welche der vorsorgliche Scipio nach Rom schickt, Beweis, dass wir immer dieselbe Quelle vor uns haben, welche Zon. 423 C alles, was Cn. Scipio nach Rom schickt mit kindischer Wichtigthuerei detaillirt hat. Mit 431 D beginnt wieder ein Exzerpt aus Livius, das mit wenigen Einschaltungen fortgeht bis p. 436, von wo an für die Vorgänge in Libyen die romanhafte Annalistenquelle die Oberhand erhält, welche sich überhaupt ausserhalb Italiens viel bemerklicher macht.

Zon. 431 D—432 A entspricht Liv. XXVII. 21—27. Darein eingeschaltet ist ein wirklicher Erfolg, welchen Hannibal mit dem Ringe des Marcellus gehabt haben soll, was Livius, allerdings mit mehr Wahrscheinlichkeit, läugnet. Sodann ist, und zwar zum Theil wörtlich, entlehnt Zon. 432 B aus Liv. XXVII. 27—33, Zon. 432 C aus Liv. XXVII. 33—35 und 46; Zon. 432 D aus Liv. XXVII. 41—43, Zon. 433 A aus Liv. XXVII. 43—47, Zon. 433 B aus Liv. XXVII. 47—48, Zon. 433 C aus Liv. XXVII. 49—50, Zon. 433 D aus Liv. XVII. 51 nur mit dem Unterschiede, dass hier Dio ebenso wie bei Zon. 426 D statt der Worte des Livius Hannibal tanto simul publico familiarique ictus luctu, agnoscere se fortunam Carthaginis fertur dixisse eingesetzt hat πολλὰ μὲν ὠλοφύρατο, πολλάκις δὲ καὶ τὴν τύχην καὶ τὰς Κάννας ἀνεκάλεσε (vgl. auch Zon. 419 A).

Nun sind ja solche Apophtegmen durchweg verdächtig, weil der Mensch in Augenblicken der Erregung am wenigsten geeignet ist, um sinnreiche Worte auszusprechen. Dieser Ausruf ὦ Κάνναι Κάνναι qualifizirt sich aber ausserdem noch als fingirten durch den Umstand, dass in den Operationen Hannibals nach der Schlacht von Cannae gar kein solcher Unterlassungsfehler liegt, wie Th. Mommsen nachgewiesen hat R. G. I. p. 613 ed. VI. Für welchen Anlass Dio's Quelle den Ausruf erfunden hatte, ist nicht leicht auszumachen; an die hier vorliegende Stelle passt er am allerschlechtesten, denn zwischen dem Anblick des abgehauenen Kopfes eines Bruders und der Schlacht von Cannae gibt es überhaupt keine vernünftige Verbindung. Vielleicht gehörte er ursprünglich an gar keine der drei Stellen an welchen ihn Dio citirt, sondern war berechnet auf den Moment der Abfahrt Hannibals von Italien, wo ein Rückblick auf das nicht errungene am ehesten Sinn hat, und dafür geben auch einen Anhalt die Worte des Livius XXX. 20 respexisse saepe Italiae litora et deos hominesque accusantem

logisirt wie Isidor Etym. XIV. 6, 44, wobei freilich nicht mit ᴀölliger Sicherheit beweisbar ist, ob nicht der ganze Excurs abhängig sei von Livius, der im lib. LX. die Balearen ziemlich ausführlich scheint geschildert zu haben laut der periocha.

Mit dem lybischen Schauplatz beginnt sodann wieder die ausmalende Annalistenquelle zu dominiren. Dass es stäts diè bisher benützte sei, zeigt die überschwängliche Schilderung der Sophonisbe und die Erwähnung des Neides gegen Scipio 436 B: οἱ δ᾽ ἐν τῇ Ῥώμῃ τὰ μὲν φθόνῳ τῶν κατορθωμάτων αὐτοῦ, τὰ δὲ φόβῳ μὴ ὑπερφρονήσας τυρρανήσῃ ἀνεκαλέσαντο αὐτόν.

Die Unternehmungen gegen Philippus Zon. 436 D stimmen überein mit Liv. XXVIII. 5—12, wie sich noch deutlicher zeigt bei Heranziehung von Dio fgt. 57, 57—60; jedoch sind die daselbst aufgeführten Prodigien vollständiger als bei Livius, welcher das Schwitzen der Thüre des Poseideums und das Auftauchen einer Frau mit Hörnern nicht kennt, worüber vgl. sub. Zon. 408 D. Ob Zon. 436 D aus Livius stamme bleibt ungewiss; zwar die Konsuln für 205 stehen auch bei Liv. XXVIII. 38, und der Gedanke, die Ueberfahrt Scipios nach Afrika geschehe um Hannibal zum Wegzug aus Italien zu zwingen, kommt auch bei Liv. XXVIII. 42 vor, aber bei ganz anderm Anlass, nämlich in der Rede des Fabius, und liegt überdies so nahe, dass er nicht persönliches Eigenthum des Livius zu sein braucht, und da auch hier wieder der Neïd gegen Scipio herbeigezogen wird διὰ τὰς ἀριστείας φθονούμενος so dürfte wohl der ganze Abschnitt dem Annalisten zuzuweisen sein. Die Vorbereitungen Scipios auf Sizilien können aus Liv. XXIX. 1 geschöpft sein; die Einnahme Locri's steht der Sache nach bei Liv. XXIX. 6—9; doch ist der Bericht des Zon. 437 B ἐπιτρέψας τὴν πᾶσαν πόλιν δύο χιλιάρχοις ἀνέπλευσεν in sofern ungenau, als gerade diese zwei Tribunen die von Pleminius vorzugsweise gemisshandelten und nichts weniger als etwa selbst Statthalter sind. Doch möchte diese Differenz wohl durch ein bloses Versehen des Zonaras zu erklären sein, der etwa flüchtig abgekürzt hätte, denn dass er hier manches gestrichen hat, zeigt der Umstand, dass auch von den in Rom geführten Beschwerden und von dem Einschreiten gegen Scipio,

das für Dio durch fgt. 57, 62 (aus Liv. XXIX. 19 geschöpft)
gesichert ist, sich nichts bei ihm vorfindet. Die übrigen in
437 B—C sich vorfindenden nichtlivianischen Notizen sind
sachlich und bestimmt und können nur in einer sehr ausführlichen annalistischen Quelle gestanden haben.

Zon. 437 D: die politische Combination dass Syphax,
von den Karthagern beredet, dem Massinissa mit hinterlistiger
Absicht Concessionen macht, um ihn auf der karthagischen
Seite festzuhalten, geht zurück auf die Quelle des dieselbe
Sache kürzer erwähnenden Appian Lib. 13 Καρχηδόνιοι δὲ
καὶ Σύφαξ — ἔγνωσαν ἐν τῷ παρόντι ὑποκρίνασθαί τε Μασσα-
νάσσην μέχρι ὅτου Σκιπίωνος ἐπικρατήσαιεν. ὁ δ᾽ οὐκ ἠγνόει
μὲν ἐξαπατώμενος, ἀντενεδρεύων δὲ κ. τ. λ.

Das Stratagem des Scipio bei Zon. 438 A, welcher dem
abrathenden Brief des Syphax den Soldaten gegenüber den
entgegengesetzten Inhalt unterschiebt, enthält nichts, weshalb
es nicht aus Liv. XXIX. 24 geflossen sein könnte, dagegen
das unglückliche Gefecht des von Massinissa in einen Hinter-
halt gelockten Hanno hat allein Anklang an App. Lib. 14,
so auch in dem sonst nicht erwähnten Schluss bei Zonaras
πολλοὶ δὲ καὶ ἑάλωσαν καὶ ὁ Ἄννων αὐτός. διὸ ὁ Ἀσδρούβας
τὴν μητέρα τοῦ Μασσινίσσου συνέλαβε καὶ ἀνταπεδότησαν ver-
glichen mit App. l. l. Μασσανάσσης ἀπήντα τῷ Ἄννωνι κατὰ
σπουδὴν ὡς φίλος ἐπανιών, καὶ συλλαβὼν αὐτὸν ἀπῆγεν πρὸς τὸ
τοῦ Σκιπίωνος στρατόπεδον, καὶ ἀντέδωκεν Ἀσδρούβᾳ τῆς μη-
τρὸς τῆς ἑαυτοῦ, und eine weitere Uebereinstimmung liegt in
Zon. ibid. οἱ δὲ Ῥωμαῖοι καὶ ἐληΐζοντο τὴν χώραν καὶ συχνοὺς
τῶν ἐκ τῆς Ἰταλίας ὑπὸ τοῦ Ἀννίβου πρὸς τὴν Λιβύην πεμφ-
θέντων ἀνεκομίσαντο mit App. Lib. 15 init. Σκιπίων δὲ καὶ
Μασσανάσσης τὴν χώραν ἐπόρθουν καὶ Ῥωμαίων ἐξέλυον ὅσοι
δεθέντες ἔσκαπτον ἐν τοῖς ἀγροῖς, ἐξ Ἰβηρίας ἢ Σικελίας ἢ ἀπ᾽
αὐτῆς τῆς Ἰταλίας πεμφθέντες ὑπὸ Ἀννίβου.

Die Vermittlungsversuche des Syphax und die Ausbeutung
derselben durch Scipio Zon. 438 C stimmen überein mit Liv.
XXX. 3, der aber c. 4 über den Abbruch der Verhandlungen
anders berichtet als Zonaras, welcher hier noch einen Mord-
versuch des Syphax gegen Massinissa aufweist, also immer

auf dieselbe fanatisch römische Märchenquelle zurückgeht.

Scipios nächtliches Ueberfallen des Lagers Hasdrubals bei Zon. 438 D stimmt zum grossen Theil überein mit Polyb. XIV. 4, 6 ed. Hultsch. Dagegen weicht der Schluss desselben von ihm ab, indem Zon. 438 A die Keltiberer am folgenden Tage mit den Römern sich schlagen lässt, Polyb. XIV. 7, 9 erst dreissig Tage nachher und durchaus nicht ἀπροσδόκητοι. Auch hier liegt also der weniger nüchterne Bericht des Annalisten vor, ebenso wie im folgenden für den Angriff der Karthager auf die römischen Transportschiffe im Hafen von Utica, wofür weder Liv. XXX. 9—10 noch Polyb. XIV. 10 völlig ausreichen.

Die Einsetzung Hanno's in den Oberbefehl, die Absetzung Hannibals und dessen Werbungen auf eigene Faust stehen ausser Zon. 429 B wiederum nur bei App. Lib. 24 und ebenso steht die Entdeckung der Verschwörung im Lager des Scipio Zon. 439 C nur noch bei App. Lib. 29—30, und da bei ihm einer der abenteuerlichsten Berichte des Zonaras fehlt, so ist auch hier die Annahme seiner direkten Benützung durch Dio ausgeschlossen. Er berichtet nämlich blos Σκιπίωνι δὲ θυομένῳ κίνδυνον τὰ ἱερὰ ἐδήλου während Zonaras bei diesem Anlass noch eine besondere Prophetenthätigkeit der Mutter des Massinissa kennt.

Die Gefangennehmung des Syphax erzählen noch Liv. XXX. 12 und App. Lib. 26, beide mit demselben Nebenumstande, dass sein Pferd ihn abgeworfen habe. Appian, der hier am ausführlichsten ist, giebt auch noch die Zahl der Gefallenen, 75 auf Seite der Römer, 10000 auf Seiten des Syphax, Zahlen, welche die Hypothese, dass Juba hier Quelle Appians sei, nicht empfehlen.

Von 439 D—440 B berichtet Zonaras das Ende der Sophonisbe. Erst wird sie in einer sentimentalen Begegnungsscene mit Massinissa aufgeführt, dann folgt 440 A eine Unterredung des letzteren mit Scipio, welche ungefähr das in direkter Rede wiedergiebt, was Liv. XXX. 13 in indirekter gesagt hat, mit 440 B überreicht ihr Massinissa persönlich das Gift mit mancherlei Redeblumen.

Dass der gefangene Syphax nach Alba in Gewahrsam gekommen sei, erzählt ebenso Liv. XXX. 17. Hingegen die Nachricht τῷ δὲ Οὐερμίνᾳ τὴν βασιλείαν τοῦ πάτρος ἐπεκύρωσαν καὶ τοὺς ζωγρηθέντας Νομάδας ἐχαρίσαντο bei Zon. 440 C erscheint nach der übrigen Ueberlieferung als ein doppeltes Versehen des Dio. Denn nach App. Lib. 26 werden die gefangenen Numidier nicht vom Senat verschenkt, sondern von Laelius, und nicht an Vermina, sondern an Massinissa, der sie abschlachtet; und nach App. ibid. wird mit Syphax blos ὁ ἕτερος αὐτοῦ τῶν υἱῶν gefangen, und nach App. Lib. 33 ist Οὐερμινᾶς Σύφαχος υἱὸς ἕτερος nicht der gefangene, sondern frei und stösst zu Hannibal, und nach Liv. XXXI. 11 ist Vermina noch im Jahre 200 mit den Römern im Krieg und erhält auf sein Gesuch um ein Bündniss den Bescheid, erst müsse Friede geschlossen sein, ehe man hierüber reden könne. Dio scheint also thatsächlich den gefangenen nach Rom gebrachten einen Sohn des Syphax mit Vermina verwechselt, und eine Freilassung desselben durch die Römer aus der Thatsache seiner Freiheit und seines Machtbesitzes erschlossen und dieses erschlossene Ereigniss ohne auch nur die Andeutung eines Zweifels wie ein überliefertes mitgetheilt zu haben.

Das Entgegenkommen der Karthager bei Zon. 440 D weicht ab von Liv. XXX. 21, und fehlt bei App. Lib. 31. Da es aber innerlich nicht unwahrscheinlich ist, so bleibt ungewiss, ob es etwa aus Polybius oder aus der mit Appian gemeinschaftlichen Quelle stamme, denn dass alle Anstalten der Karthager blos den Zweck gehabt hätten Zeit zu gewinnen, wie dies Zon. 441 A ausführt, ist ein Gesichtspunkt, welcher wenigstens angedeutet wird bei App. Lib. 31 ἡγούμενοι τούτων πάντως ἑνὸς τυχεῖν, ἢ τὴν εἰρήνην ἕξειν ἢ χρόνον διατρίψειν ἕως ἀφίκοιτο ὁ Ἀννίβας.

Dass Scipios Gesandte Nachstellungen von den Karthagern zu erleiden hatten, erzählt auch App. Lib. 34, insofern erweislich übertreibend, als er sagt καὶ τῶν πρέσβεών τινες ἐκ τῶν τοξευμάτων ἀπέθανον, während es bei Polyb. XV. 2, 15 blos heisst τῶν μὲν οὖν ἐπιβατῶν οἱ πλεῖστοι διεφθάρησαν, οἱ δὲ πρεσβευταὶ παραδόξως ἐξεσώθησαν vgl. Liv. XXX. 25; allein bei allen fehlt die Erwähnung des plötzlich sich erhebenden rettenden Windes, es liegt also auch hier der übliche Annalist vor.

Der Bericht des Zon 441 B, dass Hasdrubal zum Selbstmord durch Gift sei getrieben worden hat wiederum als einzigen Mitzeugen App. Lib. 38 ὁ δ' ἔφθασε μὲν ἐς τὸν τοῦ πατρὸς τάφον καταφυγὼν καὶ φαρμάκῳ διαχρησάμενος ἑαυτόν.

Die Thatsache der Aussendung des Tiberius Claudius Nero erzählt Liv. XXX. 38—39, allein es fehlt dort die Verknüpfung derselben mit der plötzlichen Beschleunigung der Operationen Scipios, wie sie Zon. 441 C giebt: ὁ γὰρ Σκιπίων δείσας μὴ ἐπειχθεὶς ὁ Νέρων τῶν αὐτοῦ πόνων τὴν εὔκλειαν σφετερίσηται κ. τ. λ. wo sich wieder die längst bekannte Sucht des Annalisten zeigt, das Bild des Scipio aus einem Hintergrunde schwärzesten Neides heraustreten zu lassen.

Das Reitergefecht bei Utica, in welchem Hannibal besiegt worden sei, erwähnt wiederum App. Lib. 36 τῶν δ' αὐτῶν ἡμερῶν 'Αννίβου καὶ Σκιπίωνος ἱππομαχία γίγνεται περὶ Ζάμαν, ἐν ᾗ Σκιπίων ἐπλεονέκτει. Liv. XXX. 29 erwähnt das Gefecht nicht als Thatsache, sagt aber: Valerius Antias primo victum eum a Scipione — legatum cum aliis decem legatis tradit in castra ad Scipionem venisse. Der letzteren Nachricht gegenüber berichtet App. Lib. 37 übereinstimmend mit Zon. 442 B, dass Hannibal den Massinissa angegangen habe, um eine Verständigung mit Scipio herbeizuführen.

Die drei Kundschafter (Liv. XXX. 29 erwähnt ihre Zahl nicht) finden sich auch bei Polyb. XV. 5, 4, der aber nichts davon weiss, dass zwei derselben bei Scipio verblieben seien, eine Verwicklung, die also wiederum dem Annalisten zufällt.

Die Darstellung der unglücksvollen Situation des Hannibal in der Nacht vor der Schlacht bei Zama Zon. 442 B stimmt genau überein mit App. Lib. 40, Die Sonnenfinsterniss während der Schlacht (die also kurz vor die Saturnalien von 202 a. Ch. fallen müsste, an denen nach Liv. XXX. 36 in unmittelbarer Verfolgung des Sieges von Zama auch noch Vermina besiegt wird) vertritt Zonaras, d. h. der Annalist, allein.

Den Zweikampf zwischen Hannibal und Massinissa berichtet sehr viel ausführlicher als Zon. 442 B App. Lib. 46 in zwei Akten. Doch hat auch hier Dio nicht etwa aus Appian, sondern aus dessen Quelle geschöpft, denn bei Appian fehlt der Nebenumstand, dass Hannibal dem heranstürmenden Massinissa ausgewichen sei, und dann den Vorbeiprallenden im Rücken verwundet habe, ein würdiger Schluss für die Reihe der von ihm berichteten Thaten der Hinterlist. Die Friedensbedingungen für Karthago Zon. 443 A stimmen überein mit Liv. XXX. 37, der selbst wohl aus Polyb. XV. 18 schöpft. Das viele Hin- und Herreden in Rom über den Friedensschluss bei Zon. 443 B ist Auszug aus Liv. XXX. 42; ὁ δὲ δῆμος τὴν εἰρήνην ὁμοθυμαδὸν ἐψηφίσατο = Liv. XXX. 43; die Sendung von Friedensvollstreckern nach Karthago stammt aus Liv. XXX. 43, die Zahl zehn derselben ist nachgetragen aus Liv. XXX. 44, Dio hat sich also für die Vorgänge in Rom wieder den Berichten des Livius zugewendet.

Es ergiebt sich also als Resultat der Untersuchung der mit der dritten Dekade des Livius parallel laufenden Berichte des Dio, dass neben einer durchgehenden Benützung des Livius innerhalb derer sich sogar Fehler der Handschrift nachweisen lassen wie Zon. 419 C, und neben einigen theils in den Worten, theils in den Gedanken nach Polybius gearbeiteten Stellen wie Zon. 316 A—B, 416 D, 420 A durchgängig noch eine annalistische Quelle der bedenklicksten Art benützt worden ist, deren Kennzeichen bestehen: erstens in Verherrlichung der Scipionen, ihres Rechtthuns und Unrechtleidens, zweitens in systematischer Schmähung der gerade auch «rein menschlichen Grösse Hannibals» durch Anekdoten von auserlesener Grausamkeit und Treulosigkeit, sodann in romanhaftem Ausmalen und detaillirten Uebertreiben aller irgendwie effektvollen Situationen, endlich in Ausführlichkeit in der Stadtchronik. Von all diesen Eigenschaften wiederspricht keine der andern, und es liegt also durchaus kein Recht vor, mehr als einen Annalisten als von Dio benützt vorauszusetzen. Derselbe hat griechische Berichte verarbeitet nach Zon. 407 C und 408 D —409 A und hat selbst griechisch geschrieben nach Zon.

405 D und 425 D, derselbe ist ausser von Dio noch benützt
bei Diodor vgl. Zon. 420 A und ist durchgehends Quelle Appians für die Hannibalica und die entsprechenden Partieen der
Iberica und Libyca, mit welchen Dio gerade in den fabelhaftesten und widersinnigsten Berichten übereinstimmt, in der Ermordung der Gefangenen 414 B, dem hämischen Geiz der Karthager 414 D, der geheuchelten Flucht Hannibals 417 C, der
Rache an den nicht ausgewechselten Gefangenen 420 A, der
Grausamkeiten in Nuceria und Acerrae 421 B, dem Austausch
Hannos 438 B, dem Selbstmord Hasdrubals 441 B, der Entdeckung der Verschwörung gegen Scipio 439 C, dem Zweikampf
Hannibals mit Masinissa 422 D etc. Unter den griechisch
schreibenden römischen Annalisten ist Fabius ausgeschlossen
wegen Zon. 415 B, abgesehen davon, dass was wir sonst von
der Beschaffenheit des Werkes des Fabius wissen sich in keiner
Weise von der Darstellung des Dio aussagen lässt. Daneben
muss noch eine chorographische Quelle angenommen werden,
der einzelne ethnographische Exkurse zuzuweisen sind. Dieselbe muss lateinisch geschrieben gewesen sein wegen der Etymologie bei Zon. 435 D, und muss die Stammsagen mitbehandelt
haben wegen Zon. 417 B = Dio fgt. 2, 3.

III.

Untersucht man nun nach den gewonnenen Gesichtspunkten
die mit der vierten und fünften Dekade des Livius sich deckenden Partieen des Dio, so ergiebt sich folgendes: Die den Krieg
mit Philippus einleitenden Worte bei Zon. 443 D μέχρι γὰρ
ἡ πρὸς Καρχηδονίους ἤκμαζε μάχη, κἂν μὴ φιλία σφίσι τὰ περὶ
τὸν Φίλιππον ἦν, ἐθεράπευον αὐτὸν ἵνα μὴ τοῖς Καρχηδονίοις
συνάροιτο ἢ εἰς τὴν Ἰταλίαν στρατεύσαιτο· ἐπεὶ δὲ τὰ κατ' ἐκείνους ἠρέμησαν, οὐκέτ' ἐμέλλησαν κ. τ. λ. mögen geschrieben
sein bei Anlass von Liv. XXXI. 1, 8—10; allein sie geben
durchaus nicht etwa dessen Ansicht wieder, sondern es muss
diese psychologische Erklärung des Ausbruchs des Krieges
allein Dio's Menschenkenntniss und nüchternem Verstande zugeschrieben werden, der ihn z. B. auch von der Stimmung
der Römer bei der Rückkehr des Heeres aus den caudinischen

Pässen Zon. 364 C sagen lässt ἐπὶ τῇ σφῶν ἥδονται σωτηρίᾳ, ἐπικρύπτοντες δὲ τέως τὸ ἥδεσθαι· πένθος ἐπεποιήκεσαν, was bei dem Cynismus des älteren römischen Nationalcharakters sehr glaublich aber gewiss in keiner Quelle überliefert gewesen ist.

Nicht livianisch ist ferner die Notiz bei Zon. 444 A καὶ στρατηγὸν ἐπὶ τοῦ ναυτικοῦ Λούκιον Ἀπούστιον Σουλπικίῳ Γάλβα δεδώκασι, die man zwar an sich wohl erklären könnte, als blos von Dio erschlossen aus Liv. XXXI. 27, 1 Consul Sulpicius eo tempore inter Appolloniam ac Dyrrhachium ad Apsum flumen habebat castra. quo arcessitum L. Apustium legatum cum parte copiarum ad depopulandos hostium fines mittit, oder aus Liv. XXXI. 44, 1 classis a Corcyra ejusdem principio aestatis cum L. Apustio legato profecta etc.; allein sie tritt neben einer andern nicht livianischen auf: καὶ ὁ Γάλβας τὸν Ἰόνιον κόλπον διαβαλὼν ἐπὶ πολὺ ἐνόσησε was Nissen op. cit. p. 310 als Erfindung des Dio zur Motivirung der Unthätigkeit des Consuls und der Commandoführung des L. Apustius ansieht. Allein wenn auch Fälle vorliegen, wo Dio seine eigenen Vermuthungen wie Thatsachen mitgetheilt hat, vgl. Zon. 440 C, so ist doch diese Nachricht durch den Zusatz τὸν Ἰόνιον κόλπον διαβαλὼν zu detaillirt, und durch ihre Wiederholung 444 C ῥαίσας δ᾽ ἐκ τῆς νόσου ὁ Γάλβας zu positiv hingestellt, um als blose Vermuthung angesehen werden zu können, und Dio bewussten Lügens zu zeihen haben wir nicht das mindeste Recht. Vielmehr glaube ich auf Grund des von Nissen zugegebenen Umstandes, dass diese Angabe die Unthätigkeit des Consuls erklärt und auf Grund des von Nissen geläugneten, aber durch eine überreiche Anzahl noch zu erörternder Stellen feststehenden Umstandes der direkten Benützung des Polybius durch Dio, dass auch diese Notiz aus ihm entnommen sei. Alles übrige zwischen diesen beiden Stellen ist bloses kurzes Exzerpt aus Liv. XXXI. 14—42. Galbas Operationen bei Zon. 444 C—D stammen aus Liv. XXXI. 33—46, und zwar die vorausgehenden kleinen Gefechte aus Liv. XXXI. 33—34, der Angriff des Philippus aus XXXI. 36, 8, der erfolgreiche Ausfall des Galba aus XXXI. 37, wobei es wohl nicht nöthig ist, anzunehmen, dass der Zusatz Φιλιππος ἡττηθεὶς καὶ τρωθεὶς κ. τ. λ. auf eine Nebenquelle zu schieben sei, denn Liv. XXXI. 37, 9—10 berichtet zwar nicht eine Verwundung des Königs, sagt aber ruente saucio equo praeceps ad terram datus was Dio vielleicht blos aus Flüchtigkeit als einé Verwundung des Königs mag aufgefasst haben. ὑπὸ νύκτα ἀπανέστη = Liv. XXXI. 38, 9—10; Galba sich auf Apollonia zurückziehend = Liv. XXXI. 39—40, Expeditionen der Flotten des Apustius und Attalus = Liv. XXXI. 44—46.

Zon. 444 D—445 A. Nichtlivianisch ist darin die Darstellung des Krieges gegen die Gallier unter Hamilcar. Dio nennt Hamilkar τῷ Μάγωνι συστρατεύσας ἐν τῇ Ἰταλίᾳ κἀκεῖ ὑπομείνας, während ihn Liv. XXXI. 10, 3 qui in iis locis de Hasdrubalis exercitu substiterat nennt, und blos beiläufig XXXI. 11, 5 sagt haud satis scire ex Hasdrubalis prius an ex Magonis postea exercitu. Sodann setzt Livius die Plünderung Placentia's noch ins Jahr 200, während sie bei Zonaras τῷ δ' ἑξῆς ἔτει vorkommt zusammen mit der Niederlage des Cn. Baebius, welche bei Liv. XXXII. 4, 5 im Jahr 199 untergebracht ist. Ferner lässt Zon. 445 A Hamilkar 199 noch Anführer sein, während er nach Liv. XXXI. 21, 18 in derselben Schlacht gegen L. Furius, welche Zon. 444 D erwähnt, gefallen ist. Den Neid des Consuls C. Aurelius meldet sodann Zon. 445 A wieder übereinstimmend mit Liv. XXXI. 47, 4—6. Für die übrigen Nachrichten ist vom Auftreten des P. Villius an Livius benützt, und zwar nach einander folgende Stellen. Zon. 445 A = Liv. XXXII. 6. Zon. 445 B = Liv. XXXII. 11. XXXII. 12. XXXII. 13, 9. XXXII. 15. XXXII. 18, 6—9. Zon. 445 C = Liv. XXXII. 16—17, 3. XXXII. 19, 3, wo sich entspricht καὶ τέλος Κέγχρειαν ἑλόντες = classis Romana cum Attalo et Rhodiis Cenchreis stabat, dann folgt ein wunderliches Missverständniss. Zonaras sagt καὶ πυθόμενοι πρέσβεις πρὸς τοὺς Ἀχαιοὺς ἐπὶ συμμαχίᾳ πεπέμφθαι, ἀπέστειλαν καὶ αὐτοί. Das ist geflossen aus Liv. XXXII. 19, 4—5 optimum igitur ratus est, priusquam eam rem adgrederentur, legatos ad gentem Achaeorum mitti pollicentis, si ab rege ad Romanos defecissent, Corinthum contributuros in anticum gentis concilium. auctore consule legati a fratre ejus L. Quinctio et Attalo et Rhodiis et Atheniensibus ad Achaeos missi. Davon entspricht der letzte Satz dem letzten des Dio, nicht aber der erste dem ersten, dass vielmehr dieser einen Irrthum des Dio enthalte ergiebt sich schon daraus, dass man gar nicht erfährt, wer die früheren Gesandten geschickt habe, aus dem Texte des Livius ergiebt sich aber zugleich, wie der Irrthum entstanden ist, nämlich Dio hat in der Flüchtigkeit (und Flüchtigkeitsfehler hat ihm C. Peter in der angef. Abhandlung in Menge nachgewiesen) das optimum übersehen, und aus den Worten ratus est — legatos ad gentem Achaeorum mitti die falsche Angabe πυθόμενοι πρέσβεις πρὸς τοὺς Ἀχαιοὺς ἐπὶ συμμαχίᾳ πεπέμφθαι hergestellt. Natürlich ist aus dieser die Benützung des Livius auch in den Partien, wo er nur Excerpte aus Polybius bietet, sichernden Stelle kein Argument dagegen abzuleiten, dass er an andern Stellen das Original des Polybius eingesehen habe. Es folgen aus Liv. XXXII. 20—23, 12 geschöpfte Notizen, dann mit Zon. 445 D solche aus Liv. XXXII. 32—37. Die Wahl des Flaminius stammt aus Liv. XXXII. 28, 9, die Stellung desselben zu Nabis aus Liv. XXXII. 38—39.

Nicht livianisch und wohl aus dem Zon. 444 D benützten Annalisten entnommen ist die Notiz 446 A Αἰλίου δὲ Πέτου τοῦ ὑπάτου, στρατεύσαντος ἐπὶ τοὺς Γαλάτας πολλοὶ ἀπ᾽ ἀμφοτέρων ἀπώλλυντο προσμιγνύντες ἀλλήλοις, καίριον δέ τι ἐπράχθη οὐδέν. Der Rest von 446 A—B ist aus Liv. XXXII. 26, 8 einschliesslich des cognomens Lentulus herübergenommen (vgl. p. 1). In Zon. 446 B mag eigene Reflexion des Dio sein οἱ μέντοι Γαλάται εὐτυχίαις τὲ ἐπαιρόμενοι καὶ τοὺς Ῥωμαίους ἐν παρέργῳ σφίσι πολεμοῦντας αἰσθόμενοι παρεσκευάσαντο ὡς καὶ ἐς τὴν Ῥώμην ἐλάσοντες, der Schluss von 446 B ist wieder genommen aus Liv. XXXII. 29, 5—31.

Das Auftreten des Flaminius in Griechenland bei Zon. 446 C—D stammt ganz aus Liv. XXXIII. 1—30. Die Reihenfolge der benützten Stellen ist: XXXIII. 1 | 2, 2 | 6, 6—8 | 7, 3 | 7, 6—7 | 7, 13 | 8—10 | 11, 3 | 13, 14—15 | 14—16 | 16 —18 |. Dann folgt ein ausführlicher gehaltenes Excerpt aus Liv. XXXIII. 30 = Zon. 447 A, und die Notiz über die Gallier ist zugefügt aus Liv. XXXIII. 20—23.

Nichtlivianisch und viel effektvoller ausgemalt als bei Livius ist die ganze Darstellung des Verhältnisses von Cato zu Valerius Zon. 447 B—448 A. Zwar haben die Notizen καὶ ἡττήσας αὐτοὺς ἠνάγκασε προσχωρῆσαί οἱ φοβηθέντας ἵνα μὴ καὶ τὰς πόλεις αὐτοβοεί ἀποβάλωσι· καὶ τότε μὲν δεινὸν αὐτοῖς οὐδὲν εἰργάσατο wieder sachliche Aehnlichkeit mit Liv. XXXIV. 16, doch ist die Uebereinstimmung nicht genau genug, als dass man mitten in dem nichtlivianischen Material über Cato ein Schaltstück annehmen sollte. Es findet sich der Kunstgriff überallhin den Befehl auszusenden die Mauern niederzureissen, und zwar überall an einem und demselben Tag, wieder sowohl bei Frontin. I. 1, 1, der auch im Hannibalischen Kriege allein neben Zonaras das Stratagem des Junius Pera vertrat, als auch bei Appian Iber. 41, und die Uebereinstimmung mit diesem verbunden mit dem Umstande, dass auch im Hannibalischen Kriege 'die annalistische Quelle für die Ereignisse in Spanien besonders reichlich floss, zwingt zu der Annahme, dass Dio hier immer noch den neben der dritten Dekade des Livius eingesehenen Annalisten weiterbenütze. Mit dem Bericht über Cato's Stratagem gegen die Keltiberer bei Zon. 448 B meint Dio dieselbe Sache, wie Liv. XXXIV. 19, er stellt sie aber insofern glaublicher dar, als er die drei verschiedenen Vorschläge von Cato zu verschiedenen Zeiten gemacht werden lässt, in Folge dessen die Keltiberer nicht zur Ruhe und zu keinem einheitlichen Plane gelangen, während ihnen bei Livius alle drei auf einmal angeboten werden mit der Aufforderung, sich einen davon auszusuchen. Da es nun durchaus gegen den Charakter der von Dio eingesehenen Annalistenquelle ist, nüchternere Berichte als Livius zu geben, so wird man es hier wohl wieder mit einem eigenmächtigen Besserwissenwollen des Dio zu thun haben.

Die Expedition des Flaminius gegen Nabis Zon. 448 C entspricht Zug für Zug Liv. XXXIV. 26—43. So decken sich die Worte ὁ γὰρ Νάβις τούς τε Ῥωμαίους δείσας καὶ τοὺς ἐπιχωρίους ὑποπτεύσας οὐκ ἐκινήθη ὥστε προαπαντῆσαι τῷ Φλαμινίῳ mit Liv. XXXIV. 27. Sodann πλησιάσαντι δὲ ἐπεξέδραμε, καταφρονήσας διά τε τὸν κάματον τὸν ἐκ τῆς πορείας, καὶ ὅτι

περὶ τὴν στρατοπέδευσιν ἀπησχόλητο, καί τινας συνετάραξε mit
Liv. XXXIV. 28, 3, τῇ δ' ὑστεραίᾳ ἐπεξῆλθε τοῖς προσβάλλουσι,
καὶ πολλοὺς ἀποβαλὼν οὐκέτι ἐπεξῆλθε mit Liv. XXXIV. 28,
7—11. Dass ein Theil des Heeres des Flamininus während der
Beutezüge die Stadt beobachtet habe (Zon. 448 D) ist wohl
erschlossen aus Liv. XXXIV. 28, 11. κἀκεῖνός τε καὶ ὁ ἀδελφὸς αὐτοῦ καὶ οἱ Ῥόδιοι καὶ ὁ τοῦ Ἀττάλου παῖς Εὐμένης ἐπόρθουν αὐτήν = Liv. XXXIV. 29. ἀπογνοὺς οὖν διὰ ταῦτα ὁ
Νάβις κήρυκα τῷ Φλαμινίῳ ὑπὲρ εἰρήνης ἀπέστειλε = Liv.
XXXIV. 30. καὶ ὃς τοὺς μὲν λόγους αὐτοῦ προσήκατο = Liv.
XXXIV. 31. οὐκ αὐτίκα δὲ κατελύσατο. τὰς γὰρ ὁμολογίας
ἃς ἀπῃτεῖτο ὁ Νάβις ποιήσασθαι, οὐκ ἀπαγορεῦσαι ἐθάρρει οὐδὲ
ποιῆσαι συγκατετίθετο = Liv. XXXIV. 33—37. τὸ δὲ πλῆθος
ἐκώλυσαν αὐτὸν συμβῆναι. καὶ τότε μὲν οὐκ ἐσπείσατο κ. τ. λ.
bis Schluss von 448 sind entnommen aus Liv. XXXIV. 38—39
und 43, 2. Die Freilassung der Griechen durch Flamininus
steht bei Liv. XXXIII. 32, 5, die zweite Vermahnung derselben = Liv. XXXIV. 49, der Abzug seiner Truppen = Liv.
XXXIV. 50, 7—52.

Vom zweiten Aufstande des Nabis an, welchen Zon. 449 A
allein vertritt, häufen sich nun namentlich im Kriege gegen
Antiochus und Perseus nicht aus Livius geschöpfte, ihm aber
nicht widersprechende, sondern in erwünschter Weise vervoll-
ständigende Notizen, welche sich grossen Theils, wenn auch
nicht vollständig, wiederfinden in der Syriaca des Appian.

So entspricht gleich die Betrachtung bei Zon. 449 B ὁ
γὰρ Ἀντίοχος μέγας μὲν ἐπὶ τῇ οἰκείᾳ δυνάμει ἐδόκει δι' ἄλλα
τε καὶ ὅτι τὴν Μηδίαν κατεστρέψατο, πολλῷ δ' ἔτι μείζων ἐγέ-
νετο ὅτι τὸν Πτολεμαῖον τὸν τῆς Αἰγύπτου βασιλέα καὶ τὸν
Ἀριαράθην τὸν τῆς Καππαδοκίας κηδεστὴν προσετέθειτο dem
Kapitel I. der Syriaca des Appian, wo gleichfalls der Einfall in
Medien erwähnt wird, und der dann Syr. 5 erzählt Ἀντιοχίδα
δ' ἔπεμπεν τῷ Ἀριαράθῃ τῷ Καππαδοκῶν βασιλεῖ (ebenso Dio-
dor XXXIV. 19, 7 ed. Dindorf); es ergiebt sich daraus, dass
Dio die Quelle Appians und Diodors benützt hat, d. h. hier
Polybius, welcher der Syriaca sowohl, wie der Macedonica zu
Grunde liegt.

Dies bestätigt sich denn auch sofort durch eine auffallende Wortübereinstimmung mit dessen noch erhaltenem Texte. Zonaras sagt nämlich 449 C καὶ τὴν Λυσιμαχίαν ἀνεστηκυῖαν συνῴκισεν, welcher Ausdruck genaue Wiedergabe ist von Polyb. XVIII. 51, 7 Λυσιμαχεῖς δὲ παραλόγως ἀναστάτους γεγονότας ὑπὸ Θρακῶν οὐκ ἀδικεῖν Ῥωμαίους κατάγων καὶ συνοικίζων.

Der Inhalt von 449 D steht bei Liv. XXXIII. 41, 1—8. Zon. 450 A—B: der Aufenthalt Hannibals am Hofe des Antiochus steht bei Livius XXXIII. 45—47 und 60, doch haben die Versprechungen Hannibals eine noch genauere Aehnlichkeit mit App. Syr. 7. Scipios Schiedsrichteramt in Libyen erzählt Liv. XXXIV. 42, wo für μετέωρον des Dio sich das genau entsprechende suspensa vorfindet; freilich kein zwingender Beweis der Benützung, da auch schon das suspensa des Livius ein vorliegendes μετέωρα wiedergeben kann.

Der Verkehr mit und die sich allmälich ändernde Stellung des Hannibal bei Antiochus berichtet ebenso wie Zon. 450 B App. Syr. 9.

Die Besorgnisse in Rom wegen des Antiochinischen Krieges bei Zon. 450 C berichtet ebenfalls Liv. XXXV. 24, 1—4. Die Gesandschaft des Flamininus bei Zon. 450 D = Liv. XXXV. 23, 5. Die Absendung des M. Baebius nach Apollonia berichtet Liv. XXXV. 24, 7; allein daselbst steht nichts, was der Nachricht entspräche Αὖλον δὲ Ἀτίλιον ἐπὶ τὸν Νάβιν, und das konnte sich Dio nicht aus den Worten des Livius XXXV. 22, 2 Atilius praeter cum classe missus in Graeciam est ad tuendos socios zurecht machen, sondern es muss auf dieselbe Quelle zurückgehen, aus welcher er 449 A den zweiten Aufstand des Nabis berichtet hat.

In Zon. 450 D entsprechen ferner die Worte ἔφθη γὰρ ὁ Νάβις ὑπὸ τῶν Αἰτωλῶν φθαρεὶς ἐξ ἐπιβουλῆς dem Bericht des Liv. XXXV. 25—30, καὶ ἡ Σπάρτη ἥλω ὑπὸ τῶν Ἀχαιῶν = Liv. XXXV. 36, 10—37, 3. Die gemeinschaftlichen Actionen des M. Baebius mit Philippus in Thessalien sind die aus App. Syr. 16 zu entnehmenden, denn diejenigen, welche Liv. XXXVI. 13 berichtet entsprechen Zon. 451 B.

In 451 A entspricht ὁ δέ γε Φλαμίνιος περιιὼν τὴν Ἑλλάδα τοὺς μὲν μηδ᾽ ἀποστῆναι ἔπεισε πλὴν Αἰτωλῶν καὶ ἑτέρων
τινῶν. αὐτοί τε γὰρ τῷ ᾽Αντιόχῳ προσεχώρησαν καὶ ἄλλους τοὺς
μὲν ἑκόντας συνίστων, ἐνίους δὲ καὶ ἄκοντας Liv. XXXV. 31—40.
und καὶ ὁ ᾽Αντίοχος καίτοι χειμῶνος ὄντος, ὅμως πρὸς τὰς τῶν
Αἰτωλῶν ἐλπίδας ἔσπευσε, διὸ οὐδὲ ἀξιόμαχον ἐπήγετο δύναμιν
stimmt inhaltlich mit Liv. XXXV. 43—44. Τὴν μέντοι Χαλ-
κίδα μετ᾽ αὐτῶν ἔλαβε, τήν τε ἄλλην Εὔβοιαν προσεποιήσατο =
Liv. XXXV. 51, 1; nichtlivianisch ist die Notiz, dass Antiochus
καὶ ἐν τοῖς αἰχμαλώτοις Ῥωμαίους τινὰς εὑρὼν πάντας αὐτοὺς
ἀφῆκε. Die Berichte über den Aufenthalt des Antiochus in
Chalcis = Liv. XXXVI. 11, 1—4 und App. Syr. 16. Die
Eröffnung des Krieges bei Zon. 451 B = Liv. XXXVI.
1, die Vertheilung der Provinzen = Liv. XXXVI. 2, 2 und
3, 13, der Krieg des Cornelius mit den Bojern = Liv. XXXVI.
38, 5, Glabrio mit Baebius und Philippus operirend Liv. XXXIV.
13, Philippus aus Megalopolis wird gefangen = Liv. XXXVI.
14, 3—5, Amynander vertrieben = Liv. XXXVI. 14, 9. Zon.
451 C Antiochus in Chalcis = Liv. XXXVI. 15, 1, er begiebt
sich nach Böotien = Liv. XXXVI. 15, 6, sucht die Umzinge-
lung zu vermeiden = Liv. XXXVI. 16, 6, besetzt die Anhöhen
mit Aetolern = Liv. XXXVI. 16, 8—11, gegen diese wird
Cato ausgesendet = Liv. XXXVI. 17, 1, dass dieses νυκτὸς
geschehen sei, wie Zon. 451 D hinzufügt betont Livius nicht,
dagegen Appian. Syr. 18 und Plut. Tit. Flam. XIII, was ein
indicium der Benützung des Polybius sein könnte. Zwar
liesse sich einwenden, dass Dio das blos erschlossen habe aus
dem Umstande, dass die Schlacht ja am Morgen beginnt, allein es reiht sich daran eine weitere Notiz καὶ ἕως ἐν τῷ ὁμαλῷ
ἐμάχετο ἐπεκράτει, ἀναχωρησάντος δὲ τοῦ ᾽Αντιόχου πρὸς τὰ
μετέωρα ἠλαττοῦτο wofür Liv. XXXVI. 18, 6 nicht Quelle
sein kann, so dass aus dem νυκτὸς wohl wiederum auf Polybius als der gemeinschaftlichen Quelle Appians und Plutarchs
zu schliessen sein wird.

Cato überfällt die Aetoler = Liv. XXXVI. 18, 8. Antiochus flieht, sein Lager wird erobert = Liv. XXXVI. 19, 5
Antiochus begiebt sich nach Chalcis und von da nach Asien

= Liv. XXXVI. 19, 9 und 21, 1. Glabrio hält Böotien und Euböa = 21, 2—4, er belagert Heraklea = 22, 4, er erobert dasselbe = 24, 6, die Akropolis kapitulirt = 24, 11, Democritus wird mitgefangen = 24, 12.

Allein die freche Antwort, welche er einst dem Flamininus gegeben haben soll, lautet bei Liv. XXXVI. 24, 12 Tito Quinctio poscenti (den Beschluss der Aetoler) in Italia daturum cum castra ibi Aetoli posuissent, bei Zon. 452 A dagegen Θάρρει, ἔφη, ἐγὼ γὰρ αὐτὸ κομιῶ μετὰ τοῦ στρατοῦ καὶ παρὰ τῷ Τιβέριδι ὑμῖν ἀναγνώσομαι. Die Differenz ist zwar eine blos stilistische, aber ebenso lautet der Auspruch bei App. Syr. 21 ὃς Φλαμινίῳ παρὰ τὸν Τίβεριν ἠπείλεε στρατοπεδεύειν, und aus diesem Zusammenfallen des Stichwortes bei Zonaras und Appian geht wiederum mindestens Mitbenützung des Polybius bei Dio hervor.

Die Belagerung von Lamia durch Philippus = Liv. XXXVI. 25, Antiochus schickt Gesandte an die Aeoler = XXXVI. 29. Die Belagerung von Naupactos = XXXVI. 30, 6, sie wird durch Flamininus aufgehoben und die Naupaktier schicken Gesandte nach Rom = XXXVI. 34, 1—35, 6; desgleichen die Epiroten = Liv. XXXVI. 35, 8—10. Philipp's Gesandtschaft nach Rom = Liv. XXXVI. 35, 12—15; ein Vertrag wird abgeschlossen = Liv. XXXVII. 1, 6. Die Einsetzung der Scipionen bei Zon. 452 C = Liv. XXXVII. 1, 10; sie geben den Aeolern Frist zu neuer Gesandtschaft = XXXVII. 7, 5—7; sie erhalten Bundestruppen von Philippus = XXXVII. 7, 15—16; die römische Flotte operirt vereinigt mit Eumenes und den Rodiern = XXXVII. 8—22. Der Seesieg über Hannibal bei Zon. 452 D = Liv. XXXVII. 23, 3—24, 5, die Belagerung von Pergamus durch Seleucus steht bei Liv. XXXVII. 18, der ihn aber den Winter nicht in Lysimachia sondern in der Aeolis zubringen lässt, vgl. Nissen p. 311. Möglich wäre es, dass Dio die Worte des Livius XXXVII. 33, 1 consuli nuntiatur victam regiam classem ad Myonnesum, relictamque a praesidio Lysimachiam esse falsch combinirt hätte.

Die Friedenshoffnungen des Antiochus auf Grund der Gefangennahme des Sohnes Scipio's = Liv. XXXVII. 34—36, die Freilassung desselben = XXXVII. 37, 6, das Scheitern des Vertrages = XXXVII. 36, 9.

Die Aufstellung des Antiochus bei Magnesia Zon. 453 A stimmt im allgemeinen überein mit Liv. XXXVII. 40, doch kann Dio die Angabe πρῶτα τὰ ἅρματα, εἶτα τοὺς ἐλέφαντας nicht aus Liv. 40, 12 geschöpft haben, allwo blos auf den Flügeln aufgestellte Elephanten erwähnt werden, während Dio offenbar auch welche vor der Phalanx kennt, also auf einen genaueren Bericht als Livius ist, zurückgeht, welcher Bericht aber der Livius vorliegende sein muss, da dieser 42, 5 plötzlich von interpositi elephanti redet, und zugleich der Bericht sein muss, den App. Syr. 32 vor Augen hat, wenn er sagt ἡ δ' ὄψις ἦν τῆς μὲν φάλαγγος οἷα τείχους, τῶν δ' ἐλεφάντων οἷον πύργων. Dass ferner die Römer den Wagen ausgewichen seien, berichtet auch Liv. XXXVII. 41, 9—12, davon aber nichts, dass die Elephanten in der eigenen Phalanx Unfug angerichtet hätten, was 42, 5 stehen müsste, und was ausser Zonaras wiederum nur App. Syr. 35 s. f. berichtet τῶν ἐλεφάντων ἐν τῇ Μακεδόνων φάλαγγι συνταραχθέντων τε καὶ οὐχ ὑπακουόντων τοῖς ἐπιβάταις so dass auch für diesen Schlachtbericht Mitbenützung des Polybius sicher steht.

Die durch Nebel und Regen verursachten Nachtheile bei Zon. 453 B berichten ebenso Liv. XXXVII. 41, 1—4 und App. Syr. 33. Der Angriff des Antiochus auf das römische Lager stimmt sachlich mit Liv. XXXVII. 42, 9—43, 5.

Die Notiz bei Zon. 453 C ἐν ᾧ δὲ τοῦτ' ἐγένετο Ζεῦξις καθ' ἕτερον μέρος τῷ ταφρεύματι προσβαλὼν εἴσω τε αὐτοῦ εἰσῆλθε καὶ ἁρπαγὴν ἐποιεῖτο, μέχρις οὗ ὁ Λέπιδος ᾔσθετο steht nicht bei Livius, und da sie auch bei Appian nicht steht, so fehlt die Garantie, dass sie bei Polybius gestanden habe. Nissen p. 311 verwirft sie, wie ich glaube mit vollständigem Recht, denn sie sieht ganz aus, als ob sie eine blose Verdoppelung des Angriffs des Antiochus auf das römische Lager wäre, erfunden aus dem ganz frivolen Bedürfniss, den vorher im Frontrapport (bei Liv. XXXVII. 41, 1, und App. Syr. 33) aufgeführten Zeuxis nicht in der Schlacht selbst unbeschäftigt zu lassen. Nun kann natürlich eine solche Fälschung Dio nicht zugetraut werden; allein da aus der sub Zon. 454 D zu behandelnden Nachricht mit Sicherheit hervorgeht, dass er auch für die Verhältnisse des Ostens neben Polybius noch Annalistenberichte der schlimmsten Art benützt hat, und da wir den im Hannibalischen Krieg benützten Annalisten aus dem sub Zon. p. 423 angeführten Fragment als speciellen Anfertiger solcher Duplicate kennen gelernt haben, so dürfte diese ganze eingeschaltete Notiz als eine Entlehnung aus demselben griechischen Annalisten zu betrachten sein.

Scipio erobert das Lager des Antiochus = Liv. XXXVII. 44, 1—4, Antiochus zieht nach Syrien = Liv. XXXVII. 44, 6, die asiatischen Griechen fallen den Römern anheim = XXXVII. 45, 1; die Friedenspräliminarien = XXXVII. 45, 4 sqq. Dass die Bedingungen nicht härter seien, als vor der Schlacht lässt Livius den Scipio sagen XXXVII. 45, 13, lässt aber 45, 16 die Auslieferung Hannibals gleich durch Scipio verlangen, während sie Zonaras 453 D als erst in der verschärften Fassung des Vertrages, welche Cn. Manlius überbracht habe, stehend berichtet, wogegen aus Polyb. XXI. 17, 7 feststeht, dass sie schon von Scipio formulirt und wiederholt wurde im Definitivvertrag Polyb. XXI. 45, 11. Dio hat also hier noch eine weitere Quelle benützt, welche den Manlius ausserdem noch eigenmächtiger Erpressung beschuldigt, was sich durch Liv. XXXVIII. 38, 5 durchaus nicht bestätigt. Ferner fehlt auch bei Livius die Erwähnung der Auslieferung des Sohnes des Antiochus als Geisel. Diese scheint indess von Polybius bei diesem Anlass irgendwo erwähnt worden zu sein, denn sie kehrt wieder bei App. Syr. 39 καὶ τὰ ὅμηρα διὰ τριετίας ἐναλλάσσειν χωρίς γε τοῦ παιδὸς Ἀντιόχου (vergl. aber dazu Th. Mommsen: «der Friede mit Antiochos» in Römische Forschungen II. 522).

Die Nachricht über Scipio bei Zon. 454 A ἐπηνεῖτο ἐπὶ τῇ νίκῃ καὶ τὴν τοῦ Ἀσιατικοῦ ἐπωνυμίαν δι᾽ αὐτὴν ἔσχεν, ὥσπερ ὁ ἀδελφὸς αὐτοῦ Ἀφρικανὸς ἐπεκλήθη stimmt gut zu Liv. XXXVIII. 58, 6 L. Scipio ad urbem venit; qui ne cognomini fratris cederet Asiaticum se appellari voluit und zu 59, 1 merito ergo et diis immortalibus quantus maximus poterat habitus est honos, quod ingentem victoriam facilem etiam fecissent, et imperatori triumphus est decretus. Des Lucius Verurtheilung = Liv. XXXVIII. 55, 6, die des Africanus = 51, 1. Das Ergebniss der Versteigerung der Güter des Asiaticus = 60, 8—10, Africanus geht nach Linternum = 52, 1, dort bleibt er bis an sein Ende = 53, 8. Des Manlius Erfolge in Kleinasien = XXXVIII. 12—16, Zon. 454 C, ethnographisches über die Galater = XXXVIII. 16; οὗτοι δὴ πράγματα τῷ Μαλλίῳ παρεῖχον = 17, 1; ἀλλὰ καὶ τούτων ἐκράτησε = 20—23.

Dagegen ist die Nachricht τὴν μὲν ᾿Αγκυραν τὴν πόλιν ἑλὼν ἐξ ἐπιδρομῆς nicht beglaubigt durch Liv. XXXVIII. 26 —28, sondern man hört nur 24, 1 und 25, 1—2, dass er vor der Schlacht am Olymp sein Lager dort gehabt habe. Ob Dio hierfür eine besondere Quelle benützt, oder sich aus dem Schweigen des Livius eine ungehinderte Besetzung der Stadt zurechtgemacht habe, ist nicht zu entscheiden.

Dass Ariarathes sich den Frieden erkauft habe, berichten zugleich Liv. XXXVIII. 37, 5 und App. Syr. 42.

Neue Gesandschaft der Aetoler Zon. 454 D = Liv. XXXVIII. 3, 8. Griechenland wird dem M. Fulvius übertragen = XXXVIII. 4. Dass Ambrakia einst τοῦ Πύρρου βασίλειον gewesen sei ist wohl erwähnt bei Anlass der Nennung des Pyrrheums bei Polyb. XXI. 27, 2 und Liv. XXXVIII. 5, 2. Dass die Ambrakioten erst um Waffenstillstand nachgesucht hätten, steht dagegen nicht bei Livius, auch nicht in den fgtt. des Polybius; dagegen hat dieser XXI. 27 die Nachricht, dass Verstärkung in die Stadt gekommen sei, welche Zonaras ebenfalls bietet.

Dass nun die Römer die Stadt durch unterirdische Gänge einzunehmen gesucht hätten, berichten sowohl Liv. XXXVIII. 7, als Polyb. XXI. 28. Bei Zon. 454 D heisst es aber weiter, die Einwohner hätten ἀγνοοῦντες δ' ὅπη ὀρύσσοιτο χαλκῆν ἀσπίδα κατὰ τὸν περίβολον πρὸς αὐτὸ ἐτίθουν τὸ δάπεδον, καὶ διὰ τῆς ἠχῆς τὸν τόπον γνόντες, ἀντώρυσσον ἔνδοθεν. Dagegen berichtet Polyb. XXI. 28, 8, die Belagerten hätten innerhalb der Mauer längs derselben einen Laufgraben gezogen, und in diesem an seiner der Mauer zugekehrten Wand eine ganze Reihe kleiner eherner timbres angebracht, so dass sie beim Auf- und Abgehen in dem Graben an diesen Resonanzgefässchen lauschen konnten, ein Apparat, dessen Leistungsfähigkeit der von aller praktischen Anschaung kläglich entblösste Livius natürlich nicht begreifen konnte, weshalb er diesen Bericht in wahrhaft naiv rationalistischer Weise zurechtgestutzt hat zu: silentio facto pluribus locis aure admota sonitum fodientium captabant. Nun kann natürlich keinen Augenblick zweifelhaft sein, welcher von den drei Berichten wahr ist. Zwar hat selbst der des Polybius noch das methodische Bedenken gegen sich, dass ähnliche Erzählungen öfter vorkommen [1]). Allein dieses hat gegenüber dem Berichte eines nüchternen und sachverständigen und unbedingt wahrhaftigen Zeitgenossen an sich wenig Gewicht, und dann ist die Erscheinung des Mitklingens eben auch eine alltägliche, und da mag sich ähnliches wirklich öfters zugetragen haben und benützt worden sein. Der Bericht des Livius fällt als Verballhornung des Polybianischen von selbst weg, wo aber hat Dio den seinigen her? Natürlich aus dem Annalisten, und dieser hat ihn als ganz unverhülltes Plagiat entnommen aus Herodot IV. 200, wo von den auf Anstiften der Pheretime belagerten Barkäern fast mit denselben Worten gesagt wird τὰ μέν νυν ὀρύγματα ἀνὴρ χαλκεὺς ἀνεῦρε ἐπιχάλκῳ ἀσπίδι, ὧδε ἐπιφρασθείς· περιφέρων αὐτὴν ἐντὸς τοῦ τείχεος προσῖσχε πρὸς τὸ δάπεδον τῆς πόλιος. τὰ μὲν δὴ ἄλλα ἔσκε κωφά, πρὸς τὰ προσῖσχε, κατὰ δὲ τὰ ὀρυσσόμενα ἠχέεσκε ὁ χαλκὸς τῆς ἀσπίδος wo die Uebereinstimmung sämmtlicher Stichwörter mit dem Berichte des Zonaras über Ambrakia vollständig sicher beweist, dass Dio hier eine griechisch geschriebene Quelle vor sich hat, wodurch die Zahl der ihr möglicherweise beizulegenden Namen sich auf ein mi-

---

1) So soll auch bei der Belagerung von Edessa durch Chosru Nushirwan im Jahre 544 das Untergraben der Mauern durch die Perser von den Belagerten dadurch entdeckt worden sein, dass innen an der Mauer ein Erzschmied wohnte οὗ τὰ κατὰ τὴν οἰκίαν αἰωρούμενα σκεύη χαλκᾶ ἦχον ἀπετέλει, τῶν Περσῶν ὑπὸ γῆν κοπτόντων καὶ ἐκφορούντων τὸν χοῦν. Const. Porphyrog. De Christi imag. Edess. p. 89, ed. Combefis.

nimum reducirt. Dass dieser Annalist mit dem im Hannibalischen Kriege benützten identisch sei, wird sich noch zwingender, als blos durch den übereinstimmenden Umstand der Ab-
fassung in griechischer Sprache nachweisen lassen.

Die Vorrichtung, mittelst welcher die Ambrakioten den
cuniculus der Belagerer durch stinkenden Rauch unbenützbar
machen, findet sich mitgetheilt bei Polyb. XXI. 28 und Liv.
XXXVIII. 7, 11 sqq.; dass aber Dio nicht aus letzterem,
sondern aus Polybius direkt schöpfe, beweist die Uebereinr-
stimmung sämmtlicher charakteristischen Ausdrücke, wie sie
bei einer blossen Rückübersetzung aus Livius nie hätte entstehen
können. Zonaras sagt 455 A πίθον μέγαν πτίλων πλη-
ρώσαντες πῦρ ἐς αὐτὸν ἐνῆκαν, καὶ πῶμα χαλκοῦν αὐτῷ
πολλαχῇ τετρημένον ἐνέθηκαν, καὶ ἐς τὸν ὑπόνομον τὸν πίθον κομίσαντες καὶ πρὸς τοὺς πολεμίους τρέψαντες τὸ στόμα
αὐτοῦ ἀκροφύσιόν οἱ κατὰ τὸν πυθμένα ἐνέβαλον καὶ τούτῳ
φύσας προςφέροντες πλεῖστον καὶ δυσχερῆ καπνὸν οἷα ἐκ πτίλων
ἐκθορεῖν ἐποίουν, ὃν οὐδεὶς τῶν Ῥωμαίων ὑπέμενεν = Polyb.
XXI. 28, 12 sqq. ὑπέθετό τις τοῖς πολιορκουμένοις πίθον προ-
θεμένους ἁρμοστὸν κατὰ τὸ πλάτος τῷ μετάλλῳ τρυπῆσαι τὸν
πυθμένα, καὶ διώσαντας αὐλίσκον σιδηροῦν ἴσον τῷ τεύχει
πλῆσαι τὸν πίθον πτίλῳ λεπτῷ, καὶ πυρὸς παντελῶς μικρὸν
ἐμβαλεῖν ὑπ᾽ αὐτὸ τοῦ πίθου περιστόμιον, κἄπειτα σιδηροῦν
πῶμα τρημάτων πλῆρες τῷ στόματι περιθέντας κ. τ. λ.
Vergl. Polyaen. VI. 17. Es liegt also hier die Benützung
des Polybius ebenso klar zu Tage, wie unmittelbar vorher die
Mitbenützung eines griechisch schreibenden Annalisten, und es
ist also doppelt ungenau und irreführend, wenn Nissen p. 312
sagt «der Feldzug gegen Ambrakia ganz nach Livius».

Mit den Worten ὅθεν ἀπογνόντες οἱ Ῥωμαῖοι ἐσπείσαντο
καὶ τὴν πολιορκίαν κατέλυσαν weicht Dio ab von Polyb. XXI.
28, 18 der das Nachgeben vielmehr von den Belagerten aus-
gehen lässt τοιαύτην δὲ λαμβανούσης τριβὴν τῆς πολιορκίας ὁ
στρατηγὸς τῶν Αἰτωλῶν πρεσβεύειν ἔγνω πρὸς τὸν στρατηγὸν
τῶν Ῥωμαίων. Hier scheint also wieder eine Eigenmächtigkeit
Dio's vorzuliegen. Nissen hat nämlich p. 310 treffend darauf
aufmerksam gemacht, dass Dio aus Misstrauen gegen den Pa-

triotismus des Livius weniger günstig für die Römer schreibe, als dieser. Dasselbe Misstrauen scheint er hier auf Polybius übertragen und in Erwägung des tapferen Widerstandes der Stadt ein Nachgeben auf Seite der Römer wahrscheinlicher gefunden und Kraft dessen erzählt zu haben.

Der Friedensschluss mit den Aetolern bei Zon. 455 B kann ebensogut aus Polyb. XXI. 32, als aus dem ihn wörtlich übersetzenden Liv. XXXVIII. 11 entnommen sein; auch aus den Worten καὶ ὁ Φολούιος τὴν Κεφαλληνίαν ὁμολογίᾳ παρεστήσατο καὶ τὴν Πελοπόννησον στασιάζουσαν κατεστήσατο lässt sich wegen der äussersten Verkürzung nicht entnehmen, ob sie Liv. XXXVIII. 28, 5—34 wiedergeben, oder Polybius. Die Notiz, dass Antiochus der Grosse gestorben sei css. C. Flaminio Aem. Lepido findet sich nicht in den erhaltenen Partien des Livius, könnte aber freilich in einer der zahlreichen Lücken gestanden haben. Allein die Erwähnung des Seleucus und Antiochus Epiphanes kehrt ebenso wie bei Zonaras wieder bei App. Syr. 45, so dass auch diese Nachricht als aus Polybius entlehnt wird gelten müssen.

Die thrakischen Städte, welche Philippus zurückgeben muss, sind erwähnt Liv. XXXIX. 33, 3, der Abzug der Besatzungen aus Aenos und Maronea = Liv. XXXIX. 33, 4, die Ankunft der Gallier in Venetia = Liv. XXXIX. 22, 6 und 45, 6, ihre Unterwerfung unter Marcellus bei Zon. 455 C = Liv. XXXIX. 54, 3, οἱ δ' ἐν τῇ Ῥώμῃ πρεσβευσαμένοις σφίσιν ἐπὶ τῷ εὐθὺς ἀναχωρῆσαι πάντα ἀπέδωκαν = Liv. XXXIX. 54, 4—13.

Der Tod Hannibals steht ebenso bei Liv. XXXIX. 51; allein es fehlt daselbst das Orakel, welches Zonaras erwähnt: χρησμοῦ δέ ποτε αὐτῷ γενομένου ἐν γῇ Λιβύσσῃ τεθνήξεσθαι ὁ μὲν ἐν τῇ πατρίδι προσεδόκα θανεῖν, ἔτυχε δὲ θνῄσκων ἐν χωρίῳ τινὶ τυγχάνων Λιβύσσῃ, und welches noch genauer mitgetheilt wiederkehrt in der fast ganz aus Excerpten aus Dio (vgl. sub. Zon. 418 D) zusammengesetzten Biographie Hannibals bei Tzetzes Chil. I. 798 sqq.:

αὐτὸς δὲ φάρμακον πιὼν θνῄσκει πρὸς Βιθυνίαν
πρός τι χωρίον Λίβυσσαν καλούμενον τῇ κλήσει

δοκῶν θανεῖν ἐς Λίβυσσαν πατρίδα τὴν οἰκείαν.

ἦν γὰρ Ἀννίβᾳ τις χρησμὸς οὕτω που γεγραμμένος ·

Λίβυσσα κρύψει βῶλος Ἀννίβου δέμας.

Und diese Stelle stimmt wiederum genau überein mit App. Syr. 11, welcher von Hannibal sagt λεγόμενον ἐσχηκέναι ποτὲ χρησμὸν ὧδε ἔχοντα „Λίβυσσα κρύψει βῶλος Ἀννίβου δέμας" καὶ οἰόμενον ἐν Λιβύῃ τεθνήξειθαι, ποταμὸς δ᾽ ἐστὶ Λιβυσσὸς ἐν τῇ Βιθυνίᾳ καὶ πεδίον ἐκ τοῦ ποταμοῦ Λίβυσσα und mit dem dritten Epitomator des Polybius Plutarch Tit. 20, so dass sich auch hier direkte Benützung des Polybius durch Dio ergiebt.

Zon. 455 D: dass auch Scipio damals gestorben sei, erwähnt Liv. XXXIX. 52; dass Demetrius zur Zeit, als er in Rom Geissel war, sich daselbst Freunde erworben habe = Liv. XXXIX. 47, 9—48, 1; seine Aussichten auf die Thronfolge = Liv. XXXIX. 53, 2; der Neid des Perseus = Liv. XXXIX. 53, 5; Perseus verläumdet ihn beim Vater = Liv. XXXX. 10; die Worte καὶ ὁ μὲν φάρμακον πιεῖν ἀναγκασθεὶς ἐτελεύτησεν kann aus Liv. XXXX. 24, 5 herausgelesen sein, welcher den Ausdruck gebraucht in ea cena dicitur venenum datum, welcher über den modus, ob heimlich oder gewaltsam, nichts aussagt. Freilich bleibt nun, nachdem einmal die Mitbenützung des Polybius für eine Reihe von Fällen sichergestellt ist, an allen denjenigen Stellen, wo keine Vergleichung mit den Fragmenten seines Werkes möglich ist, und wo sich nicht etwa wie bei Zon. 445 C die Benützung der polybianischen Partien bei Livius durch Dio mittelst Aufzeigen von Versehen in der Wiedergabe des livianischen Wortlautes beweisen lässt, unsicher, ob Livius oder Polybius selbst von Dio wiedergegeben ist.

Zon. 456 A: Philippus kommt zur Einsicht über Demetrius = XXXX. 54—55; er will sich an Perseus rächen = Liv. XXXX. 56; er wird vom Tode überrascht = Liv. XXXX. 57, 1. Dann folgen die Worte: καὶ τὴν βασίλειαν ὁ Περσεὺς διεδέξατο. καὶ οἱ Ῥωμαῖοι ταύτην τε αὐτῷ ἐβεβαίωσαν, καὶ τὴν πατρῴαν φιλίαν ἀνενεώσαντο. Dem ersten Punkte entspricht Liv. XXXX. 58, 9 Perseus potitus regno etc. aber für die 'brigen Notizen fehlt es bei ihm an Aequivalenten. Nun muss er allerdings in einem der ausgefallenen Stücke die Erneuerung des mit Philippus geschlossen Vertrages zu Handen des Perseus berichtet haben, was daraus hervorgeht, dass er sich XXXXII. 25, 4, XXXXII. 25, 10. XXXXII. 30, 10, XXXXII. 40, 4 auf diese Erneuerung als auf etwas geschehenes bezieht. Aber die Notiz ταύτην τε αὐτῷ ἐβεβαίωσαν ist durch Livius nicht beglaubigt, und an sich sehr bedenklich; denn da Philippus blos durch ein foedus mit den Römern verbunden gewesen war, so konnten diese zwar seinen Nachfolger als neuen Contrahenten des Vertrags anerkennen oder verwerfen, nimmermehr aber seine Succession bestätigen oder in Frage stellen. Wenn M. Aurelius bei Dio LXXI. den Ariogaisus οὔτε ἐκεῖνον ὡς καὶ νόμῳ τινὶ γεγονότα ἐβεβαίωσεν, οὔτε τὰς σπονδάς, so steht dieser als König eines Clientelstaates unter ganz anderen Bedingungen als der Föderirte. Schon dadurch wird der Verdacht nahe gelegt, dass wir es hier mit einer blossen Vermuthung Dio's zu thun haben. Er wird bestärkt durch den Umstand, dass Diodor XXIX. 30 ed. L. Dindorf, der in diesen Partien Epitomator des Polybius ist, von der βεβαίωσις nichts, sondern blos die Notiz hat: ἡ δὲ σύγκλητος τὰ πλεῖστα τῶν πραγμάτων αἰσθανομένη τὴν φιλίαν ὅμως ἀνενεώσατο. Es scheint also auch Polybius von der βεβαίωσις nichts gewusst zu haben. Dazu kommt, dass für solche Vermuthungen Dio's ein ganz identischer Präcedenzfall vorliegt bei Zon. 440 C wo es von Vermina heisst, dass die Römer ihm τὴν βασίλειαν τοῦ πατρὸς ἐπεκύρωσαν, was ebenfalls eine blosse Combination des Dio sein muss, da es aus den dort aufgeführten Gründen aller Ueberlieferung widerspricht. Auf Grund dieser Analogie, der inneren Unwahrscheinlichkeit des Ueberlieferten, und dem Fehlen einer Bezeugung durch Livius-Polybius und Diodor-Polybius wird man hier mit Recht eine als Thatsache hingestellte falsche Vermuthung des Dio sehen dürfen. Im Uebrigen beweist die Wortübereinstimmung zwischen Diodor und Zonaras in Betreff des erneuerten Bündnisses, dass auch hier wieder Polybius selbst von Dio benützt ist.

Die vor den Mauern Roms abgefertigte Gesandtschaft des Perseus = Liv. XXXXII. 36; die Aussendung des Licinius

= Liv. XXXXII. 36, 8; καὶ ὁ Περσεὺς εἰς Θεσσαλίαν παρεκβάλλων τά γε πλεῖστα αὐτῆς ᾠκειώσατο = Liv. XXXXII. 36, 4; Licinius Crassus und C. Lucretius gegen Perseus = Liv. XXXXII. 48, 4—6; συμμίξας οὖν πρῶτον περὶ Λάρισσαν τῷ Περσεῖ ἐν ἱππομαχίᾳ ἔπταισεν = Liv. XXXXII. 59; ὕστερον μέντοι περιεγένετο == Liv. XXXXII. 66; ὥστε καὶ ἀναχωρῆσαι τὸν Περσέα εἰς τὴν Μακεδονίαν = Liv. XXXXII. 67, 1. Die barbarische Behandlung der Provinzen durch Licinius bei Zon. 456 C muss in verlorenen Stücken von Liv. XXXXII. gestanden haben, nach der Angabe der periocha: P. Licinius Crassus proconsul complures in Graecia urbes expugnavit et crudeliter corripuit. ob id captivi qui ab eo sub corona venierant ex senatus consulto postea restituti sunt, wobei allerdings die Angabe einer Bestrafung des Proconsuls fehlt. Errungene Vortheile des Perseus kennt ebenfalls die periocha: res praeterea a Perse rege prospere gestas continet.

Dagegen nicht bei Livius noch in der periocha findet sich die Angabe Zon. 456 D über die von Perseus zum Zwecke der Dressur seiner Pferde hergestellten Phantome von Elephanten. Sie lautet ὅπως δὲ μήτε τοῖς ἵπποις φοβεροὶ εἶεν, εἴδωλα ἐλεφάντων σκευάσας, δεινὴν μὲν ὑπὸ χρίσματός τινος ὀσμὴν ἔχοντα, φοβερὰ δὲ καὶ ὀφθῆναι καί ἀκουσθῆναι ὄντα, βροντώδη γὰρ ἠφίει ἠχήν τινα ἐξ ἐπιτηδεύσεως κ. τ. λ. Nun lautet ein Parallelbericht bei Polyaen. IV. 21 Περσεὺς Ῥωμαίων ἐλέφαντας ἀγόντων, τοὺς μὲν ἐκ Λιβύης, τοὺς δὲ Ἰνδοὺς παρὰ Ἀντιόχου Συρίας βασιλέως, ἵνα μὴ καινὸν καὶ φοβερὸν τοῖς ἵπποις τὸ θηρίον φανείη προσέταξε τοῖς χειροτέχνοις εἴδωλα ξύλινα κατασκευάζειν ἐλεφάντων ἰδέαν καὶ χρόαν ἔχοντα. Ἐπεὶ δὲ ἡ κλαγγὴ τοῦ θηρίου μάλιστα δεινή, προσέταξεν εἰς τὸ ξύλινον εἴδωλον ἐμβαίνειν ἄνδρα αὐλὸν ἔχοντα, ὃς διὰ τοῦ στόματος τὸν αὐλὸν ἰθύνων ὀξὺν καὶ ἀπηνῆ φθόγγον προΐηται. Polyän aber hat anderwärts den Polybius benützt, und zum Beispiel seine Beschreibung der Schallgefässe und des Räucherfasses von Ambrakia fast unverändert aufgenommen, vgl. sub. Zon. 454 D. Hier aber hat er offenbar die Quelle des Dio benützt und dies allein würde die Annahme rechtfertigen, dass hier ein Fragment des Polybius erhalten ist [1]). Es lässt sich aber noch anderweitig erweisen, dass die Sache, so abenteuerlich sie auf den ersten Blick — und auch nur auf diesen — erscheint, dennoch von Polybius berichtet worden ist. Diodor erzählt nämlich II. 17 eine ähnliche Kriegserfindung der Semiramis und fügt dann hinzu: παραπλήσιον δὲ πολλοῖς ἔτεσιν ὕστερον ἔπραξε Περσεύς, ὁ τῶν Μακεδόνων βασιλεύς, ὅτε πρὸς Ῥωμαίους ἔμελλε διακινδυνεύειν, ἔχοντας ἐκ Λιβύης ἐλέφαντας. ἀλλ᾽ οὐδ᾽ ἐκείνῳ ῥοπὴν ἐνεγκεῖν εἰς τὸν πόλεμον συνέβη τὴν περὶ τὰ τοιαῦτα σπουδὴν καὶ φιλοτεχνίαν, οὐδὲ Σεμιράμιδι, περὶ ὧν ἀκριβέστερον ὁ προϊὼν λόγος δηλώσει. Die Stelle kehrt in den aus ihm erhaltenen Fragmenten über den Krieg mit Perseus nicht wieder, aber es geht aus denselben hervor, dass er hierfür blos Epitomator des Polybius war. Da nun hierdurch sicher gestellt wird, dass die Sache bei Polybius gestanden hat, so folgt aus der Uebereinstimmung der Stichworte bei Zonaras und Polyaen, dass beide Polybius excerpiren, und dass die ausführlichere Recension bei Polyaen als ein annähernd wortgetreues Fragment des Polybius angesehen werden kann.

Die Aussendung des Marcius Philippus gegen Perseus = Liv. XXXXIV. 1, 1; seine Ankunft im Lager bei Zon. 457 A = Liv. XXXXIV. 2, 2; Perseus hält sich ruhig bei Tempe = Liv. XXXXIV. 2, 9—12; der Zug Philipp's durch's Gebirge = Liv. XXXXIV. 5; er besetzt Gebiete des Perseus = Liv. XXXXIV. 7, 1—6; kommt bei Pydna in Bedrängniss und kehrt um = Liv. XXXXIV. 7, 6—8. Das Steigen der Macht des Perseus bis zur Ankunft des Aemilius Paullus ist dagegen bei Livius gar nicht sichtbar, bei Zonaras aber sehr stark hervorgehoben, was ein neues Zeichen ist, dass wir vielmehr Polybius lesen, aus welchem Livius das weniger wünschbare eliminirt hat.

Die Gesandtschaften der Rhodier = Liv. XXXXIV. 14—15, der Krieg wird Aemilius Paullus übertragen = Liv. XXXXIV. 17, 1, Perseus verschanzt sich am Elpius = Liv. XXXXIV.

---

1) Vergl. Schulze, de excerptis Constantinianis quaestiones criticae, Bonn. 1866, p. 12 sqq.

32, 8—10, Aemilius findet Wasser am Olymp = Liv. XXXXIV.
33, 2, neue Gesandtschaft der Rhodier Zon. 457 D = Liv.
XXXXIV. 35, 4—6. Nicht durch Livius bezeugt ist die Nachricht, dass Aemilius sein Heer getheilt habe. Ein Treffen
mit Perseus = Liv. XXXXIV. 35, 10.

Der Rückzug des Perseus nach Pydna bei Zon. 458 A
hat in dem hinter Liv. XXXXIV. 35, 24 ausgefallenen Stücke
gestanden. Die Ankunft des Aemilius = Liv. XXXXIV. 37,
1—4, die Auslegung der Mondsfinsterniss = Liv. XXXXIV.
37, 5—10. Ber Beginn der Schlacht wird veranlasst durch
ein in's Wasser fallendes Zugthier = Liv. XXXXIV. 40, 4
—10; die Römer verfolgen Zon. 458 C die fliehenden Mace-
donier bis in's Meer = Liv. XXXXIV. 42, 4—6; ohne den
Einbruch der Nacht wäre niemand entronnen = Liv. XXXXIV.
42, 9; Perseus flieht nach Amphipolis = Liv. XXXXIV. 45, 1
und von dort nach Samothrake = Liv. XXXXIV. 45, 2—5,
seine Unterhandlungen = Liv. XXXXV. 4, die Ermordung
des Euander Zon. 459 A = Liv. XXXXV. 5, 2—11; die ver-
suchte Flucht zu Cotys = Liv. XXXXV. 6, er ergiebt sich
und wird von Aemilius schonend behandelt = Liv. XXXXV.
8, 8—9, 1, des Aemilius Heimkehr über Epirus = Liv.
XXXXV. 34.

Dass der von Zonaras mitgetheilte Parallelbericht des Plut.
Aem. 26 über den Empfang des Perseus nicht aus Dio entnommen sei ist von Adolf Schmidt in der Abhandlung: «Ueber
die Quellen des Zonaras» aus der Zeitschrift für Alterthums-
wissenschaft 1839 wieder abgedruckt in Zonaras ed. L. Dindorf vol. VI. I—LX. aufgestellt und ganz überzeugend be-
gründet worden (pg. XXXI): «dass dies Zeugniss direct aus
Plutarch entlehnt ist, wird durch die Wortübereinstimmung
bewiesen; wäre es aus Dio gestohlen (?) so würde die Diction
viel freier sein.» Man könnte hinzufügen, dass überhaupt
nicht abzusehen ist, weshalb Dio diesen Bericht des Plutarch
sollte angeführt haben, und vollends warum er ihn sollte ein-
geleitet haben mit ὁ δὲ Πλούταρχος, denn die Hauptsache,
dass Perseus gnädig aufgenommen worden sei, ist beide Male
völlig dieselbe und die blose Vervollständigung durch die

etwas pedantische und nichts weniger als taktvolle Ansprache
des Aemilius an seine Umgebung berechtigt in keiner Weise
zu dem δὲ, welches nur als Einleitung einer abweichenden
Version einen vernünftigen Sinn hat. Dass also Dio diese
zweite Version gegeben haben sollte ist äusserst unwahrscheinlich, auch gegen die Analogie seiner übrigen Art der Darstellung, und dass das Citat ohne Namensnennung des Plutarch auch in den Planudischen Excerpten vorkommt (Dio
fgt. 66, 5), beweist gar nichts für Dio, da Planudes hier den
Johann von Antiochien excerpirt hat, vergl. Haupt im Hermes
XIV. 39. Das Stück ist vielmehr als Interpolation anzusehen,
ob aber Zonaras den Bericht des Plutarch selbst nachgeschlagen hat, oder ob das Citat aus einem schon aus Plutarch
interpolirten Exemplare des Dio herübergenommen ist, lässt
sich aus dem einen Falle nicht entscheiden.

Zon. 459 C: die Aussendung des Lucius Anicius gegen
Gentius = Liv. XXXXIV. 30, 12 sqq.; die Schilderung der
Lage von Scodra, und die Betrachtung, dass es uneinnehmbar
gewesen wäre, wenn Gentius zugewartet hätte = Liv. XXXXIV.
31; trotzdem rückt Gentius aus gegen Anicius = Liv. XXXXIV.
31, 8, sein Reich wird von Anicius unterworfen = Liv. XXXXIV.
32, dass Anicius μέχρι τῆς Ἠπείρου προελθὼν πρὶν τὸν Παῦλον
ἐλθεῖν κἀκείνην ταραττομένην ἡμέρωσεν geben wohl Liv. XXXXIV.
33, 8—34, 1 wieder.

Die Meldung des Sieges von Pydna in Rom Zon. 460 A
steht bei Livius XXXXV. 1; dass die Erinnerung an Philippus und Alexander wach geworden sei, berichtet Liv. XXXXV.
7, 3, aber bei anderm Anlass, nämlich bei Eintritt des Perseus in's römische Lager. In wie weit der Bericht des Zonaras über den Triumphzug des Aemilius mit Livius überein-
stimmte, ist nicht sicher zu entscheiden, da dieser von XXXXV.
40 an lückenhaft ist. Die Furcht des Aemilius vor allzu-
grossem Glück erwähnt Liv. XXXXV. 41, 7—9. Die Vergleichung des Wunsches des Aemilius mit dem des Camillus
bei Liv. V. 21, 15 wird wohl Eigenthum Dio's sein. Der
Tod der Söhne des Aemilius wird auch berichtet von Liv.

XXXXV. 40. 7. doch stirbt der zweite bei Zon. 460 B ἐν αὐτῇ τῇ τῶν ἐπινικίων ἑορτῇ, bei Livius triduo post triumphum.

Das Endurtheil über Aemilius Paullus steht ausführlicher als bei Zonaras bei Dio fgt. 67, allwo die Unbestechlichkeit ebenso wie bei Plut. Aem. 4 hervorgehoben, dann aber hinzugefügt wird τοῦτο δὲ μόνον ὥσπερ τινὰ κηλῖδα τῷ τούτου βίῳ προστετρῖφθαι νομίζουσα, τὸ διαρπάσαι τοὺς στρατιώτας τα χρήματα ἐπιτρέψαι. Von solchen Meinungen hört man bei Liv. XXXXV. 34 nichts, während Plut. Aem. 30 wenigstens einen ähnlichen Gedanken äussert, freilich sehr schüchtern, wie allen Tadel: Αἰμίλιος μὲν οὖν τοῦτο πράξας μάλιστα παρὰ τὴν αὐτοῦ φύσιν, ἐπιεικῆ καὶ χρηστὴν οὖσαν. Da nun Dio ausdrücklich sagt νομίζουσα, also nicht sein eigenes Urtheil formulirt, so muss es also eine sowohl von Plutarch als von Dio gehörte Stimme in der Ueberlieferung gegeben haben, welche das Verfahren gegen Epirus ruchlos gefunden hat, und als die Quelle dieser Auffassung lässt sich nur Polybius denken.

Von der ärmlichen Lage der Frau des Aemilius nach dessen Tode hatte ebenso wie Dio fgt. 67 Livius lib. XXXXVI. gehandelt, laut der periocha: L. Aemilio Paulo, qui Persen vicerat, mortuo, cujus tanta abstinentia fuit, ut cum ex Hispania et ex Macedonia immensas opes retulisset, vix ex auctione ejus redactum sit, unde uxori ejus dos solveretur etc.

Die Rückgabe des Bithys bei Zon. 460 B = Liv. XXXXV. 42, 19; Perseus kommt nach Alba in Gewahrsam = Liv. XXXXV. 42, 4; für sein und seiner Familie weiteres Schicksal fehlt Livius; sachlich stimmt mit Zon. 460 C Plut. Aem. 37.

Die Gesandtschaften der erschrockenen Rhodier sind erhalten bei Liv. XXXXV. 20—25 und bei Polyb. XXX. 4 und 5. Vergleicht man aber die in Dio fgt. 68, 2 ausführlicher als bei Zon. 400 C mitgetheilten Gründe für das frühere Sichschlechtbenehmen der Rhodier mit Livius, so ergiebt sich gar keine nähere Uebereinstimmung, wohl aber liegt Aehnlichkeit der Gedanken bei Dio und Polybius vor, natürlich keine ins einzelne gehende, denn Polybius ergeht sich hier in der äussersten Weitschweifigkeit, aber es ist doch die Gruppirung der Betrachtung bei Dio deutlich der des Polybius nachgebildet, namentlich auch

in der Einführung des Umschwungs in ihrem Verhalten τότε
καὶ πάνυ προςθέσθαι ἐσπούδαζον κ. τ. λ. = Polyb. XXX. 5, 9
τότε δὲ μεγάλην ἐποιοῦντο φιλοτιμίαν κ. τ. λ. was directe Benützung beweist, aber zugleich Freiheit in der Behandlung
und einen richtigen Blick für die entscheidenden Punkte in
langen Auseinandersetzungen.

Prusias in Rom Zon. 460 D = Polyb. XXX. 9 = Liv.
XXXXV. 44, 19—21.

IV.

Es ergiebt sich somit durch die Vergleichung des Dio-
Zonaras mit der vierten und fünften Decade des Livius folgendes Resultat: Livius ist durchgängig benützt, dies beweist
für die annalistischen Partien desselben die von Nissen nachgewiesene Stelle Zon. 446 B und für die polybianischen Partien das Versehen des Dio bei Zon. 445 C. Daneben aber
ist stark benützt das Original des Polybius, und zwar wird
dies bewiesen durch die Wortübereinstimmung von Zon. 449 C
mit Polybius, durch die Wort- und Sachübereinstimmung von
Zon. 454 D mit Polybius, durch die Wortübereinstimmung
von Zon. 456 A mit Diodor, durch die Sachübereinstimmung
von Zon. 456 D mit Diodor und Wort- und Sachübereinstimmung mit Polyaen, durch die Gedankenübereinstimmung von
Dio fgt. 67 mit Plutarchs Aemilius, durch die Sachübereinstimmung von Zon. 455 C mit Tzetzes und der Wortübereinstimmung dieses mit der Syriaca des Appian, endlich aus den
theils sachlichen theils wörtlichen Uebereinstimmungen der
Syriaca des Appian mit folgenden Stellen des Zonaras: 449 B,
450 B, 450 D, 452 A, 453 A, 455 B.

Neben diesen beiden Hauptquellen hat sich aber, wenn
auch spärlicher als neben der dritten Decade, eine annalistische
Quelle gezeigt, welche 453 C eines Berichtes, der blos Plagiat
an einem andern wäre, dringend verdächtig ist, und welche
454 D mit einem Plagiat aus Herodot auftritt, dessen wörtliche Anklänge an den Urtext die Quelle als griechisch nachweisen. Nun berichtet Zon. 396 C, dass Pyrrhus sich von
den Tarentinern verabschiedet habe δοὺς αὐτοῖς δίφρον ἱμᾶσιν

ἐκ τοῦ δέρματος τοῦ Νικίου ἐνδεδεμένον, ὃν ἐπὶ τῇ
προδοσίᾳ ἀπέκτεινεν. Natürlich ist auch diese Nachricht weiter
nichts als Plagiat an Herod. V. 25, wo von Cambyses berichtet wird, dass er den Sysamnes σφάξας ἀπέδειρε πᾶσαν τὴν
ἀνθρωπηΐην, σπαδίξας δὲ αὐτοῦ τὸ δέρμα ἱμάντας ἐξ αὐτοῦ
ἔταμε καὶ ἐνέτεινε τὸν θρόνον, ἐς τὸν ἵζων ἐδίκαζε und zwar
lehrt auch hier der Anschluss an den Wortlaut des Herodot,
dass eine griechisch geschriebene Quelle Dio vorgelegen hat.
Dies kann nun nicht Dionysius gewesen sein, den Dio im
Uebrigen ja sehr viel benützt hat, denn dieser hatte, wie sich
aus den zum Theil ganz ausführlichen Fragmenten desselben
erkennen lässt, den sehr fragwürdigen Charakter des Pyrrhus
zu einem solchen Idealbild von Tugend, Liebenswürdigkeit und
Edelmuth übermalt, dass eine Henkersanekdote wie die von
Zonaras mitgetheilte, sich nirgends hätte anbringen lassen
ohne den Verfasser in die gröbsten Widersprüche zu ver-
wickeln. Ausserdem würde auch Dionys als reich belesener
Mann das Plagiat erkannt und die Originalerzählung daneben
gestellt haben, wie er dies IV. 56 bei der der Periandersage
nachgebildeten Sage von Tarquinius gethan hat, und wie dort
Dio beide Versionen aus Dionys herübergenommen hat, vergl.
Zon. 330 C—D, so müssten wir erwarten, auch beim andern
Plagiate die Parallelstelle angegeben zu finden, was nicht der
Fall ist, und aus dem Umstande, dass sowohl der Bericht
über Tarquinius als der über Pyrrhus entlehnt sind, darf man
noch nicht schliessen, dass beide nun auch in derselben Quelle
gestanden haben müssten, so dass Dionysius, wenn er den einen
kennt, auch den anderen müsste gekannt haben. Die Art und
Weise der Entlehnung ist nämlich beide Male eine ganz ver-
schiedene und es müssen daher die beiden Erzählungen aus
ganz verschiedenen Schichten der römischen Geschichtschreibung herstammen. Bei der Erzählung von Tarquinius ist gar
keine Wortübereinstimmung mit einem andern Autor nach-
weisbar, und die Sache selbst ist verändert. Periander führt
den Boten an ein Aehrenfeld, und rauft da und dort eine besonders hochgewachsene aus, Tarquinius führt ihn in eine
Mohnpflanzung und schlägt die höchsten Exemplare mit dem

Stocke ab. Nun ist das Wegschlagen des dicken Kopfes der Mohnpflanze von ihrem brüchigen Stengel unstreitig eine viel handgreiflichere Anspielung auf das Köpfen von Menschen, als das Aehrenabraufen, und die römische Version erhält dadurch etwas Gröberes, Volksthümlicheres, und entfernt sich damit von dem Charakter eines rein litterarischen Plagiats. Eher als dass ich diese Anekdote von einem gelehrten Fälscher aus Herodot herübergenommen sein lasse, möchte ich annehmen, dass sie eines der vielen von unteritalischen Philosophen zu pädagogischen Zwecken gebrauchten Beispiele für die Grundsätze des Tyrannen gewesen sei, dass sie von dort mündlich nach Rom gelangt sei, und dass sich dort die römische Volkstradition der Anekdote bemächtigt und ihr das derbere Colorit gegeben habe, und dass sie dann aus dem römischen Volksmunde, also aus relativ achtbarer Quelle, in die römische Geschichtsüberlieferung hineingedrungen sei. Ganz anders steht es mit dem Plagiat, das Pyrrhus und dem, welches die Belagerung von Ambrakia betrifft. Hier ist beide Male die Sache blos auf ein anderes Lokal und auf andere Mithandelnde übertragen, die Sache selbst ist völlig unverändert, und der Wortanschluss an das Original zeigt unwiderleglich, dass beide Anekdoten aus einem vorliegenden, eigens dazu aufgeschlagenen Exemplare des Herodot abgeschrieben und der römischen Geschichte einverleibt worden sind, und hier zwingt uns die völlige Identität der litterarischen Technik, beide Plagiate einem und demselben Fälscher zuzuschreiben. Nun ist aber die Tendenz des ersten derselben vollkommen dieselbe, welche sich in allen Anekdoten über die unmenschliche Grausamkeit Hannibals, welche Zonaras bietet, kundgab, nämlich: die Feinde des römischen Volkes als Scheusale hinzustellen, und aus diesem Zusammenfallen der Tendenz ergiebt sich die Identität des Plagiators des Herodot mit dem für den Hannibalischen Krieg von Dio benützten griechisch schreibenden Annalisten (vgl. oben p. 32—33).

Mit der Mitte des zweiten Jahrhunderts vor Christus hat aber die römische Annalistik aufgehört in griechischer Sprache zu schreiben; andererseits kann der aus Herodot verfälschte

Bericht über die Belagerung von Ambrakia im Jahr 189 nicht unmittelbar nach derselben niedergeschrieben sein, zu einer Zeit, als aller Augen noch auf die Vorgänge in Asien gerichtet waren, sondern er setzt eine Zeit voraus wo sich die Situation schon völlig geklärt hatte, und man sich der Darstellung und Ausschmückung der syrisch-macedonischen Kriege mit Musse zuwenden konnte, dürfte also wohl erst nach 168 geschrieben sein. Aus dieser Zeit sind nun blos drei Annalenwerke in griechischer Sprache bekannt, das des C. Acilius, das des Aulus Postumius und eine historia quaedam graeca des Sohnes des älteren Scipio Africanus; einen dieser drei Autoren muss Dio benützt haben, denn eine Annahme, dass es in dieser Zeit noch ein weiteres Annalenwerk von dem Umfange, wie ihn der Grad der Detaillirtheit der von Dio mitgetheilten Anekdoten voraussetzt, gegeben haben, und dass sich ein solches Werk durch eine litterarisch so belebte Periode hindurch bis in's dritte Jahrhundert nach Christus hinübergeschlichen haben. sollte ohne nur ein einziges Mal erwähnt zu werden, entbehrt aller und jeder Wahrscheinlichkeit. Allein um zu entscheiden, welcher von den dreien uns bei Dio im Auszug vorliegt, dazu reichen die Notizen, welche uns über dieselben überliefert sind, nicht aus. Für Acilius würde der Umstand sprechen, dass Zon. 420 A über den Meineid der nach der Schlacht von Cannae als Gesandte von Hannibal abgeschickten römischen Gefangenen denselben Bericht giebt, welchen Acilius nach Cic. de off. III. 32, 113 gegeben hatte. Allein denselben Bericht bietet auch Liv. XXII. 61, so dass es am nächsten liegt, Dio's Bericht aus diesem abzuleiten. Für Postumius würde sprechen, dass die sehr ausführliche und überaus compromittirende Charakteristik, welche Polyb. XXXIX. 12 von ihm entwirft, dem Gesammtcharakter der von Dio benützten Quelle vortrefflich entspricht, welcher allerdings einen Autor voraussetzt τὴν ἰδίαν φύσιν στωμύλος καὶ λάλος καὶ πέρπερος διαφερόντως und da Polybius ausdrücklich hervorhebt, wie sehr derselbe mit griechischer Bildung kokettirt habe, so würde ihm das Ausstaffiren seines Werkes mit Plagiaten aus Herodot am allerehesten zuzutrauen sein. Endlich hätte